濮哥读美文

濮存昕 主编

作家出版社

图书在版编目（CIP）数据

濮哥读美文 / 濮存昕主编 . -- 北京：作家出版社，
2021.8

ISBN 978 - 7 - 5212 - 0986 - 0

Ⅰ . ①濮… Ⅱ . ①濮… Ⅲ . ①散文集 – 中国 – 当代
②诗集 – 中国 – 当代 Ⅳ . ①I217.1

中国版本图书馆 CIP 数据核字（2020）第 084667 号

濮哥读美文

主　　编：濮存昕
赏析撰写：刘英瑾　林　晚　李国春
朗读统筹：濮　方　张　颖
责任编辑：姬小琴
装帧设计：棱角视觉
版式设计：纸方程
出版发行：作家出版社有限公司
社　　址：北京农展馆南里 10 号　　邮　　编：100125
电话传真：86 - 10 - 65067186（发行中心及邮购部）
　　　　　86 - 10 - 65004079（总编室）
E - mail: zuojia@zuojia. net. cn
http: // www. zuojiachubanshe. com
印　　刷：北京盛通印刷股份有限公司
成品尺寸：147 × 210
字　　数：263 千
印　　张：14.75
印　　数：1—20000
版　　次：2021 年 8 月第 1 版
印　　次：2021 年 8 月第 1 次印刷
ISBN 978 - 7 - 5212 - 0986 - 0
定　　价：68.00 元

汉字和汉语是中华文化的起源，一切的根基。思想哲学的基因和DNA。几千百年来的诗词歌赋更是中华文明桂冠上的宝石。中国但凡因诗歌之美，生发的想从心底诵咏出的喜爱。

文学音乐应要写好，语言有诵读，字正腔圆，四声的音乐性，诗和词的呼吸节拍以及达意的思想交流，让我们每个国人口语中体现出汉语之听觉之美。诵读是有益的教育方式，连同古典诗词的传承，现代诗文的传播。我们喜欢，网友听众喜欢，家长和孩子，还有海外华人也喜欢。这一切是"汉诗读美文"和"听见美"线上线下，呈现给朋友们的动力和初心。

现将六年来的努力，精选出一部分篇章、节目汇编成书，开辟又一新的传播方式，以期更多的同趣人，特别是青少年，参与美文诵读，分享这本书。

2021年春

自序

　　汉字和汉语是中华文化的起源，一切文学艺术思想、哲学的基因和DNA。而千百年来的诗词歌赋是中华文明桂冠上的宝石，中国语言因诗歌而美，是我们想从心底诵咏出口的喜爱。

　　文字有书法要写好，语言有诵读、字正腔圆、四声的音乐性，诗和词的呼吸节拍，以及达意的思想交流，让我们每个国人口语中体现出汉语之听觉的美。诵读是有益的教育方式，连同古典诗词的传承、现代诗文的传播。我们喜欢，网友听众喜欢，家长和孩子，还有海外华人也喜欢，这一切是"濮哥读美文"和"听见美"线上线下呈现给朋友们的动力和初心。

　　现将六年来的努力，精选出一部分篇章、节目汇编成书，开辟又一新的传播方式，以期更多的同趣人，特别是青少年，参与美文诵读，分享这本书。

濮存昕

2021 年春

目 录

辑一　诗酒年华

· 醉赏李白的月，杜甫的秋，千年古韵，诗意悠然

辑二　且听风吟

• 听五四的风，以爱之名，以梦为马，做一个旧梦

辑三   域外来风

• 读一首情诗，给星辰大海，黄昏晚霞 ，当你爱了

辑四　人间晴暖

• 品神凝形释，行止自然，苦辣酸甜，尽是人间

诗酒年华

醉赏李白的月，杜甫的秋，千年古韵，诗意悠然

离骚（节选）

［战国］屈原

跪敷衽以陈辞兮，耿吾既得此中正。

驷玉虬以椉鹥兮，溘埃风余上征。

朝发轫于苍梧兮，夕余至乎县圃。

欲少留此灵琐兮，日忽忽其将暮。

吾令羲和弭节兮，望崦嵫而勿迫。

路漫漫其修远兮，吾将上下而求索。

....

◎ 敷：铺开。

◎ 衽（rèn）：衣的前襟。

◎ 驷（sì）：驾车。

◎ 椉（chéng）：同"乘"。

◎ 鹥（yī）：凤凰一类的鸟。

◎ 发轫（rèn）：出发。苍梧：舜所葬之地。

◎ 县（xuán）圃（pǔ）：即悬圃，神山，在昆仑山上。

◎ 灵琐：神人所居的宫门。

◎ 羲和：神话中给太阳驾车的神人。

◎ 弭（mǐ）节：按节徐步。

◎ 崦（yān）嵫（zī）：神话中日所入之山。

3

屈原（约前340—约前278）

战国时期楚国诗人、政治家。芈姓，屈氏，名平，字原；又自云名正则，字灵均。楚武王熊通之子屈瑕的后代。少年时受过良好的教育，博闻强识，志向远大。早年受楚怀王信任，任左徒、三闾大夫，兼管内政外交大事。提倡"美政"，主张对内举贤任能，修明法度，对外力主联齐抗秦。因遭贵族排挤诽谤，被先后流放至汉北和沅湘流域。楚国郢都被秦军攻破后，自沉于汨罗江，以身殉楚国。屈原是中国历史上一位伟大的爱国诗人，中国浪漫主义文学的奠基人，"楚辞"的创立者和代表作家，开辟了"香草美人"的传统，被誉为"楚辞之祖"，其主要作品有《离骚》《九歌》《九章》《天问》等。

鲁迅先生曾称赞《离骚》"逸响伟辞，卓绝一世"，给予了极高的评价。这是一首充满激情的政治抒情诗，是现实主义与浪漫主义相结合的艺术精品，为中国文学开辟了新的广阔领域，树立了一座永不可超越的文学丰碑。《离骚》是一座艺术的宝库，诗中大量的古代神话传说交织云集，现实与想象彼此交融一体，共同构成了一个奇特绚烂的幻想世界。全诗通过屈原上天入地为理想而奋斗寻觅的描写，抒发了他忠君爱国、坚持正义的伟大精神，也反映了当时楚国贵族集团腐朽的本质，抨击了他们结党营私、嫉贤妒能、祸国殃民的罪恶丑陋行径，是

扫码收听

一首饱含血泪的悲愤之作，也是一曲响彻人间的爱国主义赞歌。而诗歌所运用的"香草美人"比兴手法，缠绵悱恻，寄情深远，则开创了后代文学的题材范式，影响巨大。

《离骚》一诗，在艺术上最为成功之处，在于塑造了一位形象丰满、个性鲜明的抒情主人公的形象，体现了屈原的伟大思想和崇高人格。这一形象，是真善美的集中化身。他浑身披戴香草美玉，高冠长剑，显得伟岸圣洁，外在的美丽正是内在纯洁高尚的象征；他忧国忧民，不计较自身安危，坚持与黑暗腐朽的势力作斗争，绝不与俗世随波逐流，始终保持自我气节；他勇于追求真理和光明，即使遭受挫折，也不改变内心坚守的信念，宁可以生命捍卫理想。这一段节选，可以说是《离骚》的精华部分。屈原在前文完成对自我经历的回顾与对世俗黑暗的痛斥之后，决定保留自我的正直独立，想象前往天界，去追寻光明的路途。他驾驭龙车，周游天地之间，即便长路漫漫、永无止境，自己也将永远探索真理。"路漫漫其修远兮，吾将上下而求索"这句话，因此成为古往今来多少仁人志士的强大精神源泉和奋斗动力。

观沧海

〔东汉〕曹操

东临碣石，以观沧海。

水何澹澹，山岛竦峙。

树木丛生，百草丰茂。

秋风萧瑟，洪波涌起。

日月之行，若出其中。

星汉灿烂，若出其里。

幸甚至哉，歌以咏志。

◎ 碣石：碣石山，河北昌黎碣石山。在海边。

◎ 澹澹：水波摇动的样子。

◎ 竦峙：高高挺立。

曹操（155—220）

字孟德，小字阿瞒，沛国谯（今安徽亳州）人。东汉末年杰出的政治家、军事家、文学家、书法家。三国中曹魏政权的缔造者，其子曹丕称帝后，追尊为武皇帝，庙号太祖。曹操精兵法，善诗歌，抒发自己的政治抱负，并反映汉末人民的苦难生活，气魄雄伟，慷慨悲凉。散文亦清峻整洁，开启并繁荣了建安文学，鲁迅曾称赞曹操是"改造文章的祖师"。其诗歌今存不足二十篇，全部是乐府诗体，代表作有《薤露行》《蒿里行》《苦寒行》《步出夏门行》等。

文学史上都说，这是中国第一首山水诗。对于作者曹操来说，他也许不一定同意这个评价。这首诗作于曹操远征乌桓之时，将军踌躇满志，远眺浩瀚大海，他的所思所想恐怕并不是眼前山水，而是更伟岸的世界。

如果说后世的山水诗如同工笔画，那曹操的这首诗就是一幅大写意泼墨。山、水、草、木，只是寥寥几笔，却有莫名充实之感。"秋风萧瑟，洪波涌起"，突然由静态化为动态，仿佛大海波涛汹涌，秋风猎猎拂面，视觉、听觉、触觉一并进入真

扫码收听

实时空一般。随着作者思绪变化，真实又立即转入想象。在现代人看来，大海是万物生命的起源。在曹操眼中，大海更是宇宙的化身，日月星辰都涵纳其中。这已经不是在描绘大海，而是描绘作者自我的人格期许。古人评价："此志在容纳，而以海自比也。"在曹操的另一首诗《短歌行》中，也有这样的表述："周公吐哺，天下归心。"要像大海一般，容纳日月星辰；要像周公那样，为了接待来客赶紧吐掉正在咀嚼的食物——要成就伟大的事业，必然需要广阔的胸怀。也许这正是身为政治家的曹操与普通文人的区别吧。

龟虽寿

［东汉］曹操

神龟虽寿，犹有竟时。

腾蛇乘雾，终为土灰。

老骥伏枥，志在千里。

烈士暮年，壮心不已。

盈缩之期，不但在天。

养怡之福，可得永年。

幸甚至哉，歌以咏志。

◎ 腾蛇：传说中一种能飞的神蛇。

◎ 骥：骏马。

◎ 枥：马槽。

◎ 盈缩：指人的寿命长短。盈，满，引申为长。
缩，亏，引申为短。

写作这首诗时，曹操五十三岁。对现代人而言，半百或许正当壮年；但在平均寿命还不到三十岁的汉朝，五十岁已经是垂暮老人了。孔子言，"五十而知天命"，那么曹操认识到自己的"天命"是什么了吗？

是如神龟一般，就算长寿千年也终有消亡之日；还是像传说中腾云驾雾的飞蛇，终结之时，也将烟消云散？显然不是。曹操用壮烈慷慨的气魄喊出了雄浑的回答——要像曾经驰骋沙场的骏马，即便身体已经老迈，在马厩中安度晚年，胸中仍激荡着奔腾千里的志向，随时准备一跃而起，重返疆场。曹操写下这句诗时，一定对东汉名将马援"老当益壮"的故事记忆犹

扫码收听

新——"男儿要当死于边野，以马革裹尸还葬耳，何能卧床上在儿女子手中邪？"生命既然短暂，正应该珍惜光阴，以有限之生做出有为事业，换作现代人的话，年轻不在于岁月，而在于心态。人的寿命并不只决定于上天，更决定于自我。远征乌桓班师后，从五十三岁到六十六岁去世，曹操为了一统天下的大业，又先后指挥了与孙刘联军的赤壁之战、击破马超韩遂的凉州之战、与刘备的汉中之战、与孙权的濡须之战、与关羽的襄樊之战，奠定了三国中代汉之魏国的坚厚根基，真正实践了"老骥"的誓言。

冬十月

[东汉]曹操

孟冬十月，北风徘徊。

天气肃清，繁霜霏霏。

鹍鸡晨鸣，鸿雁南飞。

鸷鸟潜藏，熊罴窟栖。

钱镈停置，农收积场。

逆旅整设，以通贾商。

幸甚至哉，歌以咏志。

．．．．．．．．．．．．．．．．．．．．．．．．．．．．．

◎ 鹓鸡：一种鸟。

◎ 熊罴：熊和罴。罴，棕熊，又叫马熊，毛棕褐
色，能爬树，会游泳。

◎ 钱镈：农具名。钱，铁铲。镈，锄一类的农具。

◎ 逆旅：旅馆。逆，迎接。

◎ 贾：商人。

作为温带地理气候国度，中国古人对于四季的变化尤其敏锐；而作为农耕民族，时节与农事的严格对应更影响了历朝历代的施政方针。先秦文献《礼记·月令》《吕氏春秋·十二纪》均记载，孟冬季节"水始冰，地始冻，雉入大水为蜃，虹藏不见……天气上腾，地气下降，天地不通，闭塞而成冬，命百官谨盖藏，命司徒循行积聚"，大意即初冬到来，天气逐渐变冷，动植物活动慢慢变弱停止，人类生活也需要进入收藏聚敛的状态。

　　曹操虽然是诗人，但这首诗更多体现了其政治家的本色。前半部分描写了冬季的气候、景物，北风凛冽，寒霜已降，大雁南飞，狗熊冬眠；后半部分则叙述人类生产生活，耕作的工具已经收拾入库，收获的农作物也正在装仓，旅店铺张陈设，

扫码收听

做好迎接往来客商的准备。诗歌短小精悍，却铿锵有力。据后人考证，这首诗创作于曹操出征途中，可想而知，当他看到这一幅民众安居乐业的景象时，胸中充满了怎样一番治国平天下的政治理想。

曹植追慕其父，也创作了一篇《孟冬篇》："孟冬十月，阴气厉清。武官诫田，讲旅统兵。……虎贲采骑，飞象珥鹖。钟鼓铿锵，箫管嘈喝。万骑齐镳，千乘等盖。夷山填谷，平林涤薮。……趯趯狡兔，扬白跳翰。猎以青骹，掩以修竿。……顿熊扼虎，蹴豹搏貔。气有余势，负象而趋。获车既盈，日侧乐终。罢役解徒，大飨离宫。……"曹植的诗是从帝王出行打猎的角度来描写宏大场面和浩荡气势，虽然文采斐然，但却不免缺乏了其父诗中那股朴拙刚劲的感染力量。

七步诗

〔三国·魏〕曹植

煮豆持作羹，

漉菽以为汁。

萁在釜下燃，

豆在釜中泣。

本是同根生，

相煎何太急？

18

....

◎ 漉：过滤。

◎ 菽：豆类的总称。

◎ 萁：豆茎。

◎ 釜：锅。

曹植（192—232）

字子建，沛国谯（今安徽亳州）人。三国时期曹魏诗人、文学家，建安文学的代表人物。自幼颖慧，十岁余便诵读诗、文、辞赋数十万言，出言为论，落笔成文。后人因他文学上的造诣而将他与曹操、曹丕合称为"三曹"。南朝宋文学家谢灵运更有"天下才有一石，曹子建独占八斗"的评价。在中国诗歌史上，他被视为五言诗的一代宗匠，总的艺术风格，钟嵘曾指出其"骨气奇高，词采华茂"。代表作有《野田黄雀行》《赠白马王彪》《怨歌行》《白马篇》《洛神赋》《七哀诗》等。

　　《七步诗》的知名，在于诗歌创作背后那个脍炙人口的故事：曹植在争夺曹操继承权的斗争中落败，受到其兄曹丕迫害，被要求在七步之内作诗一首，否则论罪处刑。凭借举世无双的才华，还没走完七步，曹植不但作出了诗，还借此讽刺了在权力前泯灭人性、不顾骨肉之情的兄长，最终保全了性命。

　　诗歌明白如话，也只是讲清了一个浅显至极的道理："本是同根生，相煎何太急？"之所以感动千百载之下的人们，却正因为这道理知易行难。统治者为了权势地位，骨肉至亲相互残

扫码收听

杀，在史书中屡见不鲜；即便是普通百姓，在金钱利益面前，也并不乏相互撕咬、六亲不认之态。这大概是人性自私因素的最大悲哀，敏感如曹植，只是将这一现象赤裸裸地揭示于世人眼前，于他本人，是无限的凄凉，于曹丕，到底有多少触动并不可知。而史籍记载，曹植的另一位兄弟曹彰，则是被曹丕毒死的。此后的历史长河中，西晋"八王之乱"、李世民"玄武门之变"、朱棣"靖难之役"……在对亲人屠刀相向时，这些帝王将相们，不知是否，也曾默默吟哦过《七步诗》的句子。

兰亭集序

［东晋］王羲之

永和九年，岁在癸丑，暮春之初，会于会稽山阴之兰亭，修禊事也。群贤毕至，少长咸集。此地有崇山峻岭，茂林修竹；又有清流激湍，映带左右，引以为流觞曲水，列坐其次。虽无丝竹管弦之盛，一觞一咏，亦足以畅叙幽情。是日也，天朗气清，惠风和畅，仰观宇宙之大，俯察品类之盛，所以游目骋怀，足以极视听之娱，信可乐也。

夫人之相与，俯仰一世，或取诸怀抱，悟言一室之内；或因寄所托，放浪形骸之外。虽趣舍万殊，静躁不同，当其欣于所遇，暂得于己，快然自足，不知老之将至。及其所之既倦，情随事迁，感慨系之矣。向之所欣，俯仰之间，已为陈迹，犹不能不以之兴怀。况修短随化，终期于尽。古人云："死生亦大矣。"岂不痛哉！

每览昔人兴感之由，若合一契，未尝不临文嗟悼，不能喻之于怀。固知一死生为虚诞，齐彭殇为妄作。后之视今，亦犹今之视昔。悲夫！故列叙时人，录其所述，虽世殊事异，所以兴怀，其致一也。后之览者，亦将有感于斯文。

....

◎ 永和九年：东晋皇帝司马聃（晋穆帝）的年号。公元353年。

◎ 会稽：郡名，今浙江绍兴。

◎ 修禊：古代习俗，于阴历三月上旬的巳日，人们群聚于水滨嬉戏洗濯，以祓除不祥和求福。

◎ 激湍：流势很急的水。

◎ 流觞曲水：用漆制的酒杯盛酒，放入弯曲的水道中任其漂流，杯停在某人面前，某人就引杯饮酒。

◎ 彭殇：彭，彭祖，传说中的长寿者。殇，夭折的儿童。

王羲之（约303—约361）

字逸少，琅琊（今山东临沂）人，东晋时期书法家，有"书圣"之称，因曾担任右将军一职，又被称为"王右军"。其书法集前代之大成，隶、草、楷、行各体兼善，风格平和自然，笔势委婉含蓄，道美健秀，对后世影响深远。代表作《兰亭集序》被誉为"天下第一行书"。在书法史上，与其子王献之合称为"二王"。

这篇文字，始于游乐，终于生命。雄才大略如汉武帝，也在泛舟中流时，发出"箫鼓鸣兮发棹歌，欢乐极兮哀情多，少壮几时兮奈老何"的浩叹。快乐到了顶点，往往会突然悲伤，因为离别终究是人生最大的无奈。遥想那个风光旖旎的春日，王羲之与友人共聚酣饮，赋诗唱和，享受着人世间最美的光阴，也许只是在一刹那间的灵光一逝，便感受到生命之无常，形诸文字，留下了这篇传诵千古的佳作。死亡与消逝终不可幸免。然而什么才是永恒？儒家有"立德立功立言"三达德之义，事实上，《兰亭集序》也正是如此。文字记录下此刻，此刻于是绵亘成永远。一代又一代的"后之览者"，不就因此记住了王羲之，记住了那一场在时光中不再褪色的"暮春之日"？

关于《兰亭集序》，书法史上还有一个更精彩的故事。王羲之的后人智永和尚，也就是"永字八法"的发明者，将祖上留下的这件书法瑰宝传给了弟子辩才和尚。唐太宗李世民酷爱王羲之的真迹，又不便强夺，于是派大臣萧翼假借与辩才交友，在取得辩才信任后，竟将真迹偷了回去。最终，真迹作为唐太宗的随葬品永远封在了千年陵墓之中，而我们今天看到的，都是当时书法家的临摹作品了。

木兰诗

[南北朝] 佚名

唧唧复唧唧，木兰当户织。不闻机杼声，唯闻女叹息。问女何所思，问女何所忆。女亦无所思，女亦无所忆。昨夜见军帖，可汗大点兵，军书十二卷，卷卷有爷名。阿爷无大儿，木兰无长兄，愿为市鞍马，从此替爷征。东市买骏马，西市买鞍鞯，南市买辔头，北市买长鞭。旦辞爷娘去，暮宿黄河边，不闻爷娘唤女声，但闻黄河流水鸣溅溅。旦辞黄河去，暮至黑山头，不闻爷娘唤女声，但闻燕山胡骑鸣啾啾。万里赴戎机，关山度若飞。朔气传金柝，寒光照铁衣。将军百战死，壮士十年归。归来见天子，天子坐明堂。策勋十二转，赏赐百千强。可汗问所欲，木兰不用尚书郎，愿驰千里足，送儿还故乡。爷娘闻女来，出郭相扶将；阿姊闻妹来，当户理红妆；小弟闻姊来，磨刀霍霍向猪羊。开我东阁门，坐我西阁床，脱我战时袍，着我旧时裳。当窗理云鬓，对镜帖花黄。出门看火伴，火伴皆惊忙：同行十二年，不知木兰是女郎。雄兔脚扑朔，雌兔眼迷离；双兔傍地走，安能辨我是雄雌？

....

◎ 唧唧：织布机的声音。

◎ 机杼（zhù）：机，指织布机。杼，织布的梭子。

◎ 军帖：征兵的文书。

◎ 可汗（kè hán）：古代北方少数民族对君主的称呼。

◎ 鞯（jiān）：马鞍下的垫子。

◎ 辔（pèi）头：驾驭牲口用的嚼子、笼头和缰绳。

◎ 朔：北方。

◎ 金柝（tuò）：即刁斗。古代军中用的一种铁锅，白天用来做饭，晚上用来报更。

◎ 明堂：皇帝用来祭祀、接见诸侯、选拔等的殿堂。

◎ 策勋：记功。

◎ 强：有余。

◎ 扑朔：扑腾不停。

佚名

本诗作者不详，选自《乐府诗集》。《乐府诗集》的编者是郭茂倩（约1041—约1099），北宋人，编撰有《乐府诗集》一百卷，把历代歌曲按其曲调收集分类，使大量诗歌得以保存和流传，是成书较早、收集历代各种乐府诗最为完备的一部重要诗歌总集。书中所收录的《木兰诗》与《孔雀东南飞》被后人合称为"乐府双璧"。

　　《木兰诗》收入《乐府诗集》的《横吹曲辞·梁鼓角横吹曲》中。据《乐府诗集》编者郭茂倩说，此诗最早著录于陈释智匠《古今乐录》，可证其产生之时代不晚于陈。诗称天子为"可汗"，征战地在"黑山""燕山"，可证此诗为北朝民歌，所反映的是北魏与柔然之间的战争。柔然是北方游牧族大国，立国一百五十九年（394—552），曾与北魏、东魏、北齐发生过多次战争，其主要战场，正在黑山（即杀虎山，在今内蒙古呼和浩特市东南）、燕山（指燕然山，即今蒙古国杭爱山）一带。

　　作为"乐府双璧"之一的《木兰诗》，不仅是北朝民歌中的杰作，也是中国诗歌史上的杰作。《木兰诗》除了朗朗上口的韵律感，全诗乐观、机智、幽默的情节构思也令人称奇。沈德潜《古诗源》盛赞此诗："事奇，诗奇，卑靡时得此，如凤凰鸣，

扫码收听

庆云见；为之快绝。"纵观此诗，可谓一出充满想象、夸张、铺排和悬念迭出的多幕喜剧，具有强烈的浪漫主义色彩。明末清初贺贻孙《诗筏》中说："叙事长篇动人啼笑处，全在点缀生活。如一本杂剧，插科打诨，皆在净丑。《木兰诗》有阿姊理妆，小弟磨刀一段，便不寂寞，而'出门见火伴'，又是绝妙团圆剧本也。"

花木兰已经是千古传诵的巾帼英雄形象，而在诗中，木兰并非"高大全"，如邻家女孩一般，从寻常百姓家来，回归到街坊里巷中去。从替年迈的阿爷出征开始，到卸甲归阁结束，木兰心中充满了对家的牵挂，正是这份牵挂，使得她对"尚书郎"和各种物质赏赐毫无兴趣。木兰不仅代民族立言，代妇女立言，更是代自己淳朴善良的人性立言。

送杜少府之任蜀州

[唐] 王勃

城阙辅三秦，风烟望五津。

与君离别意，同是宦游人。

海内存知己，天涯若比邻。

无为在歧路，儿女共沾巾。

　　　　·······························

　◎　三秦，指长安城附近的关中之地，即今陕西省
潼关以西一带。秦朝末年，项羽破秦，把关中分为
三区，分别封给三个秦国的降将，所以称三秦。

　◎　五津：指岷江的五个渡口。

　◎　无为：无须、不必。

王勃（650—676或684）

唐代诗人，字子安，绛州龙门（今山西河津）人。王勃与杨炯、卢照邻、骆宾王齐名，世称"初唐四杰"，其中王勃为首。王勃的诗今存八十多首，多为五言律诗和绝句，其中写离别怀乡之作较为著名，代表作品有《送杜少府之任蜀州》等。王勃的赋和序、表、碑、颂等文，今存九十多篇，多为骈体，其中亦不乏佳作，代表作品有《滕王阁序》等。

"初唐四杰"之首的王勃，人如其名，充满年轻的骄傲奔放，也正如初唐时代，镌刻下盛世即将来临的欣欣向荣前奏印记。全诗一开篇就展现出了宏伟的气魄，以开阔的画面展现出山河磅礴气势，将送别诗常见的凄凉哀怨之意一扫而空，然后气脉连贯，一泻而下，全用议论语句，阐明了只要友情深厚便不受时空距离阻断的真理，彻底消弭了离别之际小儿女般哭哭啼啼的场景，于豪迈高潮处断然结束，干脆利落，爽朗明快，在送别诗中独树一帜。

虽然只活了短短的二十多岁（一说享年三十五岁），王勃的一生却如璀璨流星，划亮了初唐文学的天空。"海内存知己，天涯若比邻"，这样气魄宏大的送别，开启了高适"莫愁前路无知己，天下谁人不识君"(《别董大》)的豪迈，李白"请君试问东流水，别意与之谁短长"(《金陵酒肆留别》)的酣畅，王昌龄"青山一道同云雨，明月何曾是两乡"(《送柴侍御》)的乐观，岑参"忽如一夜春风来，千树万树梨花开"(《白雪歌送武判官归京》)的雄奇。现代学者郑振铎评价王勃诗歌对后代的贡献，就曾浪漫地描述道："正如太阳神万千缕的光芒还未走在东方之前，东方是先已布满了黎明女神的玫瑰色的曙光了。"

月下独酌

[唐]李白

花间一壶酒，独酌无相亲。

举杯邀明月，对影成三人。

月既不解饮，影徒随我身。

暂伴月将影，行乐须及春。

我歌月徘徊，我舞影零乱。

醒时同交欢，醉后各分散。

永结无情游，相期邈云汉。

．．．．．．．．．．．．．

◎ 邈：遥远。

◎ 云汉：银河。

李白（701—762）

字太白，号青莲居士，祖籍陇西成纪（今甘肃秦安）。李白是我国文学史上继屈原之后又一伟大的浪漫主义诗人，素有"诗仙"之称，与杜甫并称"李杜"。他经历坎坷，思想复杂，儒家、道家和游侠三种思想，在他身上都有体现。李白是一个天才的诗人，他的诗歌豪放飘逸的风格、变幻莫测的想象、清水芙蓉的美，对后来的诗人有很大的吸引力。李白留给后人九百多首诗篇，有《李太白集》传世，代表作有《望庐山瀑布》《行路难》《蜀道难》《将进酒》《明堂赋》《早发白帝城》等。

　　李白是天才的诗人。天才者，不同于"苦吟派"字斟句酌、呕心沥血的创作，而是将胸膛中的激情化作文字，喷薄即来。《月下独酌》作为李白的代表作之一，显然具有这样的特点，流利疏朗的字句一泻而下，没有半点滞碍枯涩的语感，情感酣畅淋漓，清代学者沈德潜在唐诗选集《唐诗别裁》中便说："脱口而出，纯乎天籁，此种诗人不易学。"

　　然而，天才也是孤独的。带着一腔热血来到京城长安的大诗人，本欲一展济世安民的才华，却被皇帝仅仅当作文学侍从，当作装点盛世的工具，与他治国平天下的理想有天壤之别。不论李白是否真正具备政治才能，至少，在他的内心，感

扫码收听

到深深孤独。事实上，孤独，才是生命的本质状态。没有谁能够永远相伴——除了，怒放的鲜花，醇香的美酒，皎洁的明月。诗人在月下起舞，伴随的，是自己跃动凌乱的身影。忘记一切忧愁，沉浸于此刻的欢乐，"我与我周旋久，宁作我"（《世说新语·品藻》），无论是明月还是身影，其实，都是诗人自己的化身。不为尘世流俗污染，不为人云亦云左右，将孤独演绎作美梦般的生命体验，自我享受，自我升华，所谓"身体或灵魂，总有一个在路上"，诗人的灵魂，已超脱人间红尘的凡俗追求，而凌驾驰骋于浩渺无垠的宇宙之上。庄子曰："独与天地精神往来。"太白诗仙，是也！

黄鹤楼送孟浩然之广陵

[唐] 李白

故人西辞黄鹤楼，

烟花三月下扬州。

孤帆远影碧空尽，

唯见长江天际流。

送别诗，最不缺的就是离愁别绪，描绘最多的就是难舍难分、依依不舍的眷恋。然而，李白终究是"诗仙"，不同凡俗，将送别也写出了另一番滋味。诗中前两句看似平铺直叙，只是粗线条勾勒出友人的行程与方向，后两句便话锋一转，渲染出一幅长空、大江、片帆装点的江山图画，虽有些许惆怅，却充满慷慨爽朗、一望无垠的壮阔情怀。明朝文学家陈继儒将之称为"送别诗之祖"，《唐人万首绝句选评》则评价说"不必作苦语，此等语如朝阳鸣凤"，都点出了此诗与众不同的别致。

扫码收听

　　孟浩然是李白的诗坛前辈，虽然诗歌风格偏向清淡自然，但其本人却是一位不折不扣的豪迈潇洒之人，据说人生的最后也是因为管不住嘴，偏要在生病的时候和朋友聚餐，大吃大喝加重病情的食物以至于去世，也难怪李白能够与之意气相投。李白还有一首诗《赠孟浩然》："吾爱孟夫子，风流天下闻。红颜弃轩冕，白首卧松云。醉月频中圣，迷花不事君。高山安可仰，徒此揖清芬。"可谓赤裸裸地表达崇拜。

静夜思

[唐] 李白

床前明月光，
疑是地上霜。
举头望明月，
低头思故乡。

．．．．．．．．．．．．

◎ 静夜思：静谧的夜晚有所思。

◎ 疑：好像。

◎ 举头：抬头。

作为中国人，学会的第一首古诗，如果不是骆宾王的"鹅鹅鹅，曲项向天歌"，恐怕就是这首"床前明月光"。据说此诗经学者考证，还有另一原始版本："床前看月光，疑是地上霜。举头望山月，低头思故乡。"又有人说，"床"不是日常意义家具的"床"，而是井栏云云。实则这些考据，徒增了几多争论而已，于诗歌本身的价值，并无半点影响。因为，诗的最终价值，在于情感。

　　毫无疑问，这是一首思乡之作。家乡，一个人起步成长之地，年少轻狂，青春放荡，"一生最好岁月也深种在这里"（周华健《摆渡的岁月》歌词），记载多少回忆，承载多少梦想。而对于李白来说，在交通、通讯、社交工具均不发达的古代，一旦离开家乡，云游四海，要再想回归，并不是一件容易的事。

扫码收听

独处漂泊的旅途，抬头望见清冷的月色，离情别绪，油然而生，诗人冲口而出，以口语般质朴的文字，描绘出了这让千年之下每一个离乡背井的游子都心有戚戚的情境，"清水出芙蓉，天然去雕饰"，已无须更多的华丽词藻、铺张言辞。

李白的出生地虽然在唐代西域的碎叶城（今吉尔吉斯斯坦首都比什凯克以东的托克马克市附近），但五岁时随父亲迁居绵州昌隆（今四川江油），随后在此读书、交友，直到二十五岁左右，外出游历。《静夜思》里所思的故乡，大概就是这里吧。也难怪杜甫在思念李白的诗歌中写道："匡山（大匡山，在江油境内，为李白年少读书地）读书处，头白好归来。"在安徽当涂走完人生旅途的李白，眼前最后的景象，会不会，还是那可爱的家乡？

早发白帝城

[唐]李白

朝辞白帝彩云间，

千里江陵一日还。

两岸猿声啼不住，

轻舟已过万重山。

....

◎ 白帝城：在今重庆市奉节县。

◎ 江陵：今湖北省荆州市。

有人说，这是李白平生排行第一的爽快之诗。唐朝安史之乱后，李白因牵连进了当朝皇帝唐肃宗弟弟的"永王之乱"，被流放夜郎（今贵州省遵义市一带）。满腔济世安民抱负的诗人，遭受现实如此沉重的打击，踏上前行道路之时，不知道内心该是如何痛苦。不承想，行至半路，皇帝赦免的消息传来，不必再前往那荒凉偏僻的西南边陲，而是立即踏上归途，李白心情该是怎样翻天覆地的变化。短短的二十八字，已经清晰地将这一切展示给了我们。

扫码收听

　　清晨还在白帝城，一日的行程，沿着长江顺流而下，晚上就可抵达江陵。事实上，这段路程长度大约一千二百里，包括七百里的险峻三峡，行船艰难，充满未知的危险。而在喜悦面前，再险的路途都变得微不足道，尽可以抛之脑后。郦道元在《水经注》里描绘"巴东三峡巫峡长，猿鸣三声泪沾裳"的凄凉，在李白笔下，则成为了"两岸猿声啼不住，轻舟已过万重山"的豪迈。而白帝城，在除了刘备向诸葛亮托孤的知名故事之外，也因这首大放光彩的诗篇，再次镌刻进了历史。

将进酒

[唐] 李白

君不见黄河之水天上来，奔流到海不复回。

君不见高堂明镜悲白发，朝如青丝暮成雪。

人生得意须尽欢，莫使金樽空对月。

天生我材必有用，千金散尽还复来。

烹羊宰牛且为乐，会须一饮三百杯。

岑夫子，丹丘生，将进酒，杯莫停。

与君歌一曲，请君为我倾耳听。

钟鼓馔玉不足贵，但愿长醉不复醒。

古来圣贤皆寂寞，惟有饮者留其名。

陈王昔时宴平乐，斗酒十千恣欢谑。

主人何为言少钱，径须沽取对君酌。

五花马，千金裘，

呼儿将出换美酒，与尔同销万古愁。

◎ 馔：食物。

◎ 陈王：曹植。

◎ 平乐：地名。在洛阳西门外，为汉代富豪显贵
的娱乐场所。

◎ 五花马：毛色五花纹的名贵骏马。

酒，是李白的代名词，是诗仙的象征。再也没有比酒更能契合李白人格的事物——它清冽，如同诗人傲视权贵、睥睨世俗的伟岸人格；它酣畅，如同诗人浪漫热情、不拘一格的豪迈情怀；它醇香，如同诗人流芳千古、回味隽永的不朽诗篇……

　　《将进酒》作为李白的代表作，可以说最为集中地体现了李白对酒的挚爱。这首诗据说创作于唐玄宗"赐金放还"名义下，李白离开长安之后。起笔以黄河之水开篇，波澜壮阔，气势宏大，忽然转为明镜悲白发的忧伤，带出"一醉解千愁"的豁达。人生得意，天生我材，千金散尽，诗人展现着无与伦比的自信，呼朋邀友，拿出一饮三百杯的气魄，尽享沉醉的快乐。然而事实上，这快乐的背后，却深藏着沉重的悲凉。为何

"但愿长醉不复醒"？因为面对黑暗现实，诗人无法施展抱负，反而被奸邪小人所谗伤，被迫离开朝廷，只好借美酒一浇胸中块垒。即使是孔子那样的圣人，不也周游列国，惶惶然如丧家之犬？不如做一个饮者，将满腔忧愤、满腹热血都抛之脑后，名马貂裘，换作美酒，再也不要理会庸俗的凡尘。

这首诗淋漓尽致地体现了李白的诗歌风格，正是天马行空，无拘无束。读者的感受随着诗人的思维快速切换，诗中的意象则目不暇接地纷至沓来，手法夸张，想象奇特，仿佛现代人坐过山车一般的刺激震撼。清朝文人徐增在《而庵说唐诗》中评价："太白此歌，最为豪放，才气千古无双。"可谓当之无愧。

望庐山瀑布

〔唐〕李白

日照香炉生紫烟，

遥看瀑布挂前川。

飞流直下三千尺，

疑是银河落九天。

◎ 香炉：庐山香炉峰。

其实李白的《望庐山瀑布》有两首，这是第二首，也是更为脍炙人口的一首。不妨将两首诗做一个简单的比较：

　　第一首，是五言古诗，篇幅较长，描写细腻，既写了诗人的所见所感，又抒发了更悠远的联想。第二首，则是七言绝句，篇幅较短，简练精悍，只写了对瀑布的所见所感。两首诗其实有不少近似和参照之处，如"西登香炉峰，南见瀑布水"和"日照香炉生紫烟，遥看瀑布挂前川"，几乎是一模一样；而"挂流三百丈"与"飞流直下三千尺"，连数字也不差毫厘（一丈等于十尺，三百丈正好就是三千尺）；而"初惊河汉落，半洒云天里"不就是"疑是银河落九天"吗？

　　那为什么，第二首的知名度远远高于第一首呢？篇幅增加了记忆的难度，也就影响在大众中的传播，这是毋庸置疑的。然而从艺术角度而言，这是有个中道理的。第一首虽然描述细致，却因为过于面面俱到，失去了惊心动魄的壮丽之美，再加

扫码收听

上诗人在篇末发出几句想要远离尘世的议论，其实反而有点像谢灵运的山水诗那样，带上了"玄言的尾巴"，未能免俗。而第二首，则最大限度地发挥了七言绝句起承转合的效果，前两句看似平平无奇，后两句则以超凡脱俗、云飞天外的想象力挽狂澜，实现了不可超越的意境升华，对人内心的震动激荡，自然也更加奇特深刻。第二首诗对后代读者因此具有更大的影响，也就不言而喻了。

　　附：

望庐山瀑布　其一

　　西登香炉峰，南见瀑布水。挂流三百丈，喷壑数十里。欻如飞电来，隐若白虹起。初惊河汉落，半洒云天里。仰观势转雄，壮哉造化功。海风吹不断，江月照还空。空中乱潈射，左右洗青壁。飞珠散轻霞，流沫沸穹石。而我乐名山，对之心益闲。无论漱琼液，且得洗尘颜。且谐宿所好，永愿辞人间。

蜀道难

[唐]李白

噫吁嚱，危乎高哉！

蜀道之难，难于上青天！

蚕丛及鱼凫，开国何茫然！

尔来四万八千岁，不与秦塞通人烟。

西当太白有鸟道，可以横绝峨眉巅。

地崩山摧壮士死，然后天梯石栈相钩连。

上有六龙回日之高标，下有冲波逆折之回川。

黄鹤之飞尚不得过，猿猱欲度愁攀援。

青泥何盘盘，百步九折萦岩峦。

扪参历井仰胁息，以手抚膺坐长叹。

问君西游何时还？畏途巉岩不可攀。

但见悲鸟号古木，雄飞雌从绕林间。

又闻子规啼夜月，愁空山。

蜀道之难，难于上青天，使人听此凋朱颜！

连峰去天不盈尺，枯松倒挂倚绝壁。

飞湍瀑流争喧豗，砯崖转石万壑雷。

其险也如此，嗟尔远道之人胡为乎来哉！

剑阁峥嵘而崔嵬，一夫当关，万夫莫开。

所守或匪亲，化为狼与豺。

朝避猛虎，夕避长蛇，磨牙吮血，杀人如麻。

锦城虽云乐，不如早还家。

蜀道之难，难于上青天，侧身西望长咨嗟！

....

◎ 噫吁嚱：感叹词。

◎ 蚕丛、鱼凫：古代传说中的蜀王。

◎ 地崩山摧壮士死：相传秦惠王想征服蜀国，知道蜀王好色，答应送给他五个美女。蜀王派五位壮士去接人。回到梓潼（今四川剑阁之南）的时候，看见一条大蛇进入穴中，一位壮士抓住了它的尾巴，其余四人也来相助，用力往外拽。不多时，山崩地裂，壮士和美女都被压死。山分为五岭，入蜀之路遂通。这便是有名的"五丁开山"的故事。

◎ 猱：一种猿猴。

◎ 扪参历井：参、井是二星宿名。扪，摸到。历，经过。这里指蜀道中的高山峻岭仿佛上能接天一般。

◎ 砯崖：水撞石之声。砯，水冲击石壁发出的响声，这里作动词用，冲击的意思。

据唐代文人孟启《本事诗》中记载：李白从四川刚到长安不久，居住在旅店里，当时的诗坛老前辈贺知章，就是那位"二月春风似剪刀"的贺知章特意前来拜访。贺知章看到李白帅气的外表，已经夸赞不已，接着开始欣赏李白的作品，当读到《蜀道难》这首诗时，还没有读完，就连连叫好，称呼李白为"谪仙"（从天庭贬谪下人间的仙人），解下腰带上悬挂的金龟当作酒钱，和李白一起喝得大醉。从此以后，李白的"谪仙"美誉传遍京城。

　　这首诗到底创作于何时，其实是个未知数。之所以有这个故事，大概还是因为诗歌太过奇绝瑰丽，竟非人间之作一般。此诗与其说是写实，毋宁说是想象。诗人笔下的蜀道，有厚重的历史，有险峻的景色，有丰富多姿的动植物，也有神奇壮丽的山水。从远古写到眼前，从天上写到地面，以夸张的笔墨写

扫码收听

出不可逾越的艰险。诗中的事物，无不充满惊奇的色彩，营造出一种耸人听闻的氛围，在现实与虚幻的感受中来回穿插，不及辨别真相。"难于上青天"一句作为主旋律，反复回旋出现，更是如一个个硕大的感叹号，横亘在语句之间，最终让读者为之刻骨铭心。而诗歌形式采用杂言体，没有拘泥于整齐划一的句式，三字、四字、五字、七字直到十一言，奔放自如，短则急促，长则悠远，与全诗风格相得益彰，更显得跌宕起伏。最后归结到"所守或匪亲，化为狼与豺"，则自然而然地反映了诗人从历史长河经验教训中引发出对天下大势的关心，而这种关心也被历史再次惊人巧合地验证了：安史之乱后，唐玄宗正是逃到蜀地，靠着这片"一夫当关，万夫莫开"的险隘，才保住了唐朝政权的"后半段时光"。

行路难

[唐]李白

金樽清酒斗十千，玉盘珍羞直万钱。

停杯投箸不能食，拔剑四顾心茫然。

欲渡黄河冰塞川，将登太行雪满山。

闲来垂钓碧溪上，忽复乘舟梦日边。

行路难，行路难，多歧路，今安在？

长风破浪会有时，直挂云帆济沧海。

....

◎ 直：同"值"，价值。

◎ 箸：筷子。

南北朝诗人鲍照的《拟行路难》"对案不能食，拔剑击柱长叹息"，可以说正是李白这首诗的前奏。面对丰盛华美的食物与餐具，诗中的主人公，也就是诗人自己的化身，却满腹忧愤，郁闷结心。因为"欲渡黄河冰塞川，将登太行雪满山"，前途充满坎坷阻碍，仿佛看不到未来。鲍照的诗，就"弃置罢官去，还家自休息……自古圣贤尽贫贱，何况我辈孤且直！"放弃了仕途进取，换作了自我慰藉的无可奈何；而李白的诗，则在挫折之后重新振作，喊出了振奋千古的"长风破浪会有时，直挂云帆济沧海"，化腐朽为神奇，将低沉抑郁的基调改造为高昂乐观的乐章，可谓振聋发聩的时代强音。

扫码收听

　　这首诗多用典故，都与诗人的理想情怀非常贴切。"闲来垂钓碧溪上"，讲的是姜子牙垂钓渭水，遇到周文王，最终成就了兴周灭商一番大业；"忽复乘舟梦日边"，则是指商朝大臣伊尹曾经梦到自己坐船从太阳边经过，后来得到商汤起用，完成了消灭夏桀、建立商朝的事业；"长风破浪会有时"，指的是南朝时刘宋的著名将领宗悫，少年时被叔父宗炳询问志向，他回答道："愿乘长风，破万里浪。"这三个典故，都是著名将相胸怀天下，最终实现远大抱负的有力支撑，用在此处，正为诗人积极入世的执着追求增色不少。

梦游天姥吟留别

[唐] 李白

海客谈瀛洲，烟涛微茫信难求。

越人语天姥，云霞明灭或可睹。

天姥连天向天横，势拔五岳掩赤城。

天台四万八千丈，对此欲倒东南倾。

我欲因之梦吴越，一夜飞度镜湖月。

湖月照我影，送我至剡溪。

谢公宿处今尚在，渌水荡漾清猿啼。

脚著谢公屐，身登青云梯。

半壁见海日，空中闻天鸡。

千岩万转路不定，迷花倚石忽已暝。

熊咆龙吟殷岩泉，栗深林兮惊层巅。

云青青兮欲雨，水澹澹兮生烟。

列缺霹雳，丘峦崩摧。

洞天石扉，訇然中开。

青冥浩荡不见底，日月照耀金银台。

霓为衣兮风为马，云之君兮纷纷而来下。

虎鼓瑟兮鸾回车，仙之人兮列如麻。

忽魂悸以魄动，恍惊起而长嗟。

惟觉时之枕席，失向来之烟霞。

世间行乐亦如此，古来万事东流水。

别君去兮何时还？且放白鹿青崖间，须行即骑访名山。

安能摧眉折腰事权贵，使我不得开心颜！

....

◎ 赤城、天台：山名。

◎ 剡溪：溪水名。

◎ 谢公屐：南朝诗人谢灵运，喜欢游山玩水，发明了一种特制的木屐，屐底装有活动的齿，上山时去掉前齿，下山时去掉后齿，方便登山。

这是一首诗，这更是一场梦，一场恍惚、飘渺、奇谲、莫测的游仙之梦。创作这首诗时，李白身在齐鲁大地，并非在天姥山所在的江浙，这场梦境中的游历，全凭想象，甚至可能都没有依据。但这场梦，却从此成为了也许称得上是文学史上最伟大的梦之一。

　　从神话传说中的仙山瀛洲开始，诗人的思绪以迅雷不及掩耳之势快速飞越过赤城、天台、镜湖、剡溪，地名变换，景物也电光幻影般一闪而过，最终来到天姥山前，开始了登山的旅途。追随着前人的足迹，踏上峻伟的山岭，看到了云海中喷薄而出的红日，仿佛听到了半空中传来神鸡的报晓啼鸣。从这里开始，行程从人间进入了仙境，在经历一番百折千回的魔幻迷途之后，神仙世界的大门陡然打开，日月照耀，金碧辉煌，群仙列队，纷纷来迎……正在最顶端的高潮之际，诗人却突然惊

扫码收听

醒，失落了梦境，回到真实的生活之中。人世间的欢乐都是如此，"走得最快的，都是最美的时光"（席慕蓉诗），万事终将随东去的江河一般消逝，不如骑鹿远行，在山水间徜徉游戏，远离这令人无奈而苦闷的尘俗。诗到这里，本已差不多结尾，诗人却突然呐喊出了发自肺腑最雄壮的声音——哪里能够低三下四阿谀奉承谄媚地侍奉那些骄奢淫逸不可一世的权贵呢，这样会让我再也无法得到真正的快乐了！全篇戛然而止，却使人回味无穷。

作为李白的代表作之一，这首诗将虚幻与现实熔于一炉，彼此交错，在光怪陆离的意象中营造出一片奇美的境界，最终又收束到诗人自我桀骜不驯的人格期许上，变化无穷，自由放纵，不拘一格。因此，前人常常说，杜甫可学、李白不可学，这确实是天才的手笔，不是仅仅依靠勤奋可以练习得来的。

宣州谢朓楼饯别校书叔云

[唐] 李白

弃我去者，昨日之日不可留；

乱我心者，今日之日多烦忧。

长风万里送秋雁，对此可以酣高楼。

蓬莱文章建安骨，中间小谢又清发。

俱怀逸兴壮思飞，欲上青天揽明月。

抽刀断水水更流，举杯消愁愁更愁。

人生在世不称意，明朝散发弄扁舟。

◎ 建安：汉末年号。因出现了一大批有影响的文人，也成为一种文学风格的代名词，以风骨著称。

◎ 小谢：即谢朓。为了与谢灵运相区别，人们将谢灵运称为"大谢"，将谢朓称为"小谢"。

李白的诗歌，总是如天外流星，起于人之所不能起，终于人之所不能终，不能以常理揣测。正如这首诗，开篇极其突兀莫名，凭空而来，如同诗人酩酊大醉后的狂放呐喊，又似满腹郁闷不得排解的碎碎念，还未及细细品味，便突然被极其开阔辽远的意境景象直接取代，进入下一阶段的奔放纵横。高楼饯别，主客双方有如风骨雄浑的古人，各有胜场，都有着远大的抱负理想，仿佛能登上青天揽下明月一般。然而，转眼现实，诗人的抑郁不得志之情又被平白勾起，连绵不尽的愁绪如同奔腾不息的流水，抽刀举杯，都是徒劳无功而已。人生如果不能

扫码收听

实现愿望，那就干脆远去归隐吧。

苏东坡曾说，文章应该"如行云流水，初无定质，但常行于所当行，常止于不可不止"。这句话用来形容李白的诗歌，最合适不过。随意，随性，不被规则约束，是李白不可企及之处。但正如孔子所言，"从心所欲不逾矩"，这一切也是建立在李白深厚的文学功底之上。天才等于百分之一的天赋加百分之九十九的勤奋，李白虽然不是苦吟派诗人，但不要忘记了，"铁杵磨成针"的读书故事，主角可就是他本人呢。

登高

[唐] 杜甫

风急天高猿啸哀，
渚清沙白鸟飞回。
无边落木萧萧下，
不尽长江滚滚来。
万里悲秋常作客，
百年多病独登台。
艰难苦恨繁霜鬓，
潦倒新停浊酒杯。

....

◎ 渚：水中的沙地。

◎ 萧萧：形容风吹树叶的声音。

◎ 繁：这里用作动词，染满。

◎ 潦倒：颓废、失意的样子。

杜甫（712—770）

字子美，自号少陵野老，世称"杜工部"，唐代伟大的现实主义诗人，对后世影响深远，与李白并称"李杜"。出生于河南巩县（今河南巩义），原籍湖北襄阳（今湖北襄樊）。诗以古体、律诗见长，以"沉郁顿挫"为主要风格。杜甫生活在唐朝由盛转衰的历史时期，其诗多涉笔社会动荡、政治黑暗、人民疾苦，他的诗反映当时社会矛盾，记录了唐代由盛转衰的历史巨变，表达了崇高的儒家仁爱精神和强烈的忧患意识，因而被誉为"诗史"。代表作有《登高》《北征》、"三吏"、"三别"等。

这首诗不仅被视作杜甫"七律之冠"，也被誉为"古今七律第一"。

安史之乱的时代背景下，晚年的杜甫，穷困潦倒，颠沛流离，不得不依靠四处奔波投靠友人来维持生活。这首《登高》，作于杜甫离开成都、来到夔州生活之后，当时在成都做官的朋友严武去世，杜甫失去了依靠，生活愈加困苦，心情也极其低沉，面对滚滚而去的长江、萧瑟衰飒的秋景，有感而发，遂写下了这一千古名作。猎猎秋风，天宇高远，伴随着峡谷中猿猴仿佛哀怨的啼啸，放眼望去，江中的沙地雪白一片，飞鸟在

扫码收听

高山间回翔，落叶飘飞，江水滔滔，怎能不引起诗人的身世之感？所谓身世之感，就是将个人经历与时代变迁熔于一炉，在浩瀚历史时空中感知人生的渺小，捕捉一刹那间得以永恒的价值。触景生情，诗人联想到自己辗转万里离乡背井的漂泊生涯、穷病交加的苦厄境地，眼看双鬓已经爬满银丝，想要借酒浇愁，却因为疾病缠身不得不戒酒停杯，可谓苦到极点、痛到极点。虽然是如此沉重的主题，杜甫却并没有将诗歌写得小家子气，而是气势恢宏，景象开阔，充满了忧国伤时的情怀，正应了清朝诗人赵翼那句精到的评论——"国家不幸诗家幸，赋到沧桑句便工"。

琵琶行

[唐] 白居易

浔阳江头夜送客，枫叶荻花秋瑟瑟。

主人下马客在船，举酒欲饮无管弦。

醉不成欢惨将别，别时茫茫江浸月。

忽闻水上琵琶声，主人忘归客不发。

寻声暗问弹者谁，琵琶声停欲语迟。

移船相近邀相见，添酒回灯重开宴。

千呼万唤始出来，犹抱琵琶半遮面。

转轴拨弦三两声，未成曲调先有情。

弦弦掩抑声声思，似诉平生不得志。

低眉信手续续弹，说尽心中无限事。

轻拢慢捻抹复挑，初为《霓裳》后《六幺》。

大弦嘈嘈如急雨，小弦切切如私语。

嘈嘈切切错杂弹，大珠小珠落玉盘。

间关莺语花底滑，幽咽泉流冰下难。

冰泉冷涩弦凝绝，凝绝不通声暂歇。

别有幽愁暗恨生，此时无声胜有声。

银瓶乍破水浆迸，铁骑突出刀枪鸣。

曲终收拨当心画，四弦一声如裂帛。

东船西舫悄无言，唯见江心秋月白。

沉吟放拨插弦中，整顿衣裳起敛容。

自言本是京城女，家在虾蟆陵下住。

十三学得琵琶成，名属教坊第一部。

曲罢曾教善才服，妆成每被秋娘妒。

五陵年少争缠头，一曲红绡不知数。

钿头银篦击节碎，血色罗裙翻酒污。

今年欢笑复明年，秋月春风等闲度。

弟走从军阿姨死，暮去朝来颜色故。

门前冷落鞍马稀，老大嫁作商人妇。

商人重利轻别离，前月浮梁买茶去。

去来江口守空船，绕船月明江水寒。

夜深忽梦少年事，梦啼妆泪红阑干。

我闻琵琶已叹息，又闻此语重唧唧。

同是天涯沦落人，相逢何必曾相识！

我从去年辞帝京，谪居卧病浔阳城。

浔阳地僻无音乐，终岁不闻丝竹声。

住近湓江地低湿，黄芦苦竹绕宅生。

其间旦暮闻何物？杜鹃啼血猿哀鸣。

春江花朝秋月夜，往往取酒还独倾。

岂无山歌与村笛，呕哑嘲哳难为听。

今夜闻君琵琶语，如听仙乐耳暂明。

莫辞更坐弹一曲，为君翻作《琵琶行》。

感我此言良久立，却坐促弦弦转急。

凄凄不似向前声，满座重闻皆掩泣。

座中泣下谁最多？江州司马青衫湿。

◎《霓裳》《六幺》：乐曲名。

◎ 虾蟆陵："虾"通"蛤"。在长安城东南，是当时有名的游乐地区。

◎ 教坊：唐代管理宫廷乐队的官署。

◎ 善才：当时对琵琶师或曲师的通称。能手的意思。

◎ 缠头：用锦帛之类的财物送给歌舞妓女。指古代赏给歌舞女子的财礼。

◎ 钿头：两头装着花钿的发篦。

◎ 呕哑嘲哳：拟声词，形容难听的声音。

◎ 青衫：唐朝八品、九品文官的服色。指官位很低。

白居易（772—846）

字乐天，号香山居士，祖籍太原，生于河南新郑。是唐代伟大
的现实主义诗人，白居易与元稹共同倡导新乐府运动，世称
"元白"，与刘禹锡并称"刘白"。白居易继承了中国古代一贯以
《诗经》为主旨的比兴美刺的传统诗论，十分强调诗歌的现实内
容和社会作用。他说："文章合为时而著，歌诗合为事而作。"
讽喻诗是他的诗歌中最精华的部分，其中包括《新乐府》五十
首、《秦中吟》十首等。白居易的诗歌题材广泛，形式多样，语
言平易通俗。有《白氏长庆集》传世，代表诗作有《长恨歌》
《卖炭翁》《琵琶行》等。

　　同是天涯沦落人，相逢何必曾相识。也许这一句话，就已
经道尽了《琵琶行》皇皇长篇的主旨。古往今来，举世公认这
篇描绘音乐出神入化的名作，其实，也更是叙写知音难遇难求
的叹息。音乐的价值在于知音，人生的意义也在于知己。白居
易将自己贬谪漂泊的一腔悲愤，化作琵琶女弦上的一曲哀歌，
娓娓道来，于是成为这一曲传唱千古荡气回肠的乐章，留下永
恒不灭的回味。
　　中国诗歌中的叙事传统，往往在于民间乐府，而少见于文

扫码收听

人创作。白居易则是这一规则的打破者，"白氏长庆体"代表作《琵琶行》《长恨歌》都以讲述完整的故事为主题，堪称诗歌中的小说。《琵琶行》讲述的其实就是以"我"为观者所见所闻的琵琶女故事，"我"既是诗人本身，也是故事中的线索人物——琵琶女精湛的技艺由"我"的倾听而展示，琵琶女凄凉的身世由"我"的转述而呈现，最后"我"也成为故事中的另一个主角，两个孤独漂泊的灵魂，在一场江边偶遇中，彼此诉说，相互慰藉，最终水乳交汇，融为一体。诗歌中的情感含蓄深沉，鲜少直露，往往侧面烘托，点到为止，却愈加感人至深，绕梁三日。

《琵琶行》也具备着白居易诗歌通俗易懂的鲜明特色，几乎不用典故，全是白描手法，据说他创作之后要向文盲老妇诵读，反复修改，直到老妇听懂为止，绝不以晦涩为能。难怪远隔重洋的日本，将白居易作品奉为珍宝，试想如果阅读成为第一障碍，异国哪里还有传播的机会？

陋室铭

[唐]刘禹锡

山不在高，有仙则名。水不在深，有龙则灵。斯是陋室，惟吾德馨。苔痕上阶绿，草色入帘青。谈笑有鸿儒，往来无白丁。可以调素琴，阅金经。无丝竹之乱耳，无案牍之劳形。南阳诸葛庐，西蜀子云亭。孔子云：何陋之有？

....

◎ 斯：这。

◎ 馨：香气，这里指（品德）高尚。

◎ 鸿儒：大儒，博学的人。

◎ 白丁：平民。这里指没有什么学问的人。

◎ 案牍：公文，文书。

◎ 诸葛：诸葛亮。三国时期政治家、军事家。

◎ 子云：扬雄。东汉时期文学家。

刘禹锡（772—842）

字梦得，彭城（今江苏徐州）人，唐代中晚期著名诗人。政治上主张革新，是王叔文派政治革新活动的中心人物之一。白居易称他为"诗豪"，推崇备至。他的诗歌，传诵之作极多。明代杨慎说："元和以后，诗人全集之可观者数家，当以刘禹锡为第一。其诗入选及人所脍炙，不下百首矣。"刘禹锡诗文俱佳，涉猎题材广泛，有《陋室铭》《竹枝词》《杨柳枝词》《乌衣巷》等名篇。有《刘梦得文集》《刘宾客集》传世。

　　刘禹锡在政治斗争中落败，贬谪多年，《陋室铭》大约是这一时期的作品。以小小的陋室作一篇笔墨游戏，既是作者安贫乐道、洁身自好操守的体现，也是文人以此炫技的文学游戏。

　　全文音韵谐和，朗朗上口，有如谚语一般整齐精当，有的也的确成为了后世的名言警句，可见哲理深切。先以比兴手法，从山水引出陋室，表达事物价值不在于外而在于内的道理，继而对陋室大加铺陈描绘，由景色写到来客，由志趣写到心境，最终以历史上赫赫有名的两位人物——诸葛亮和扬雄作

扫码收听

为印证，更用孔子之言豪迈收尾，力重千钧，不容置疑，磅礴而止。

《陋室铭》是刘禹锡乐天豁达性格的集中反映。诗人虽然生平仕途坎坷，却始终不减乐观昂扬的本色。因此旁人悲秋，他道"我言秋日胜春朝"；旁人嘲笑，他写"种桃道士归何处，前度刘郎今又来"；旁人消沉，他有"沉舟侧畔千帆过，病树前头万木春"。《陋室铭》的自我充实，则是理所当然的了。

清明

[唐] 杜牧

清明时节雨纷纷，

路上行人欲断魂。

借问酒家何处有？

牧童遥指杏花村。

·····························

◎ 清明：二十四节气之一。

◎ 杏花村：杏花深处的村庄。在今安徽贵池秀山门外。受此诗影响，后人多用"杏花村"作酒店名。

杜牧（803—852）

字牧之，号樊川居士，京兆万年（今陕西西安）人，唐代诗人。杜牧诗、赋、古文均擅长，书画亦精。杜牧诗歌成就尤高，与李商隐齐名，并称"小李杜"。其诗以七言绝句著称，内容以咏史抒怀为主，风格独特，既风华流美而又神韵疏朗，气势豪宕而又情致婉约，故前人评其诗"雄姿英发"。因晚年居长安南樊川别墅，后世称他"杜樊川"，著有《樊川文集》。代表作有《遣怀》《阿房宫赋》《赤壁》《题乌江亭》等。

清明，作为中华民族的传统节日，起源很早，融合了祭祖扫墓、迎春郊游等众多民俗。由于清明所处的时间恰好是春夏之交，中国大部分地区受气候影响，都容易出现降水，"雨纷纷"就成为了最直接的观感。而祭祖扫墓，勾起人们缅怀纪念的情感，在一片凄迷的雨雾朦胧中，也就不免"欲断魂"了。这时，诗人笔锋一转，将话题切换到借酒消愁之上，由小牧童的指点引出杏花村的陈酿，这幅画面，有声有色，有问有答，

扫码收听

如一出舞台剧活灵活现，却又恰到好处地戛然而止，留下无穷意味让人自去想象。

与其说这是一首节令诗，还不如说是一首酒诗。诗人铺垫许多，最终归结于酒的主题，不露痕迹，自然而然，却比任何一首以酒为名的诗歌都更加高明。"杏花村"一语，也因此成为酒的代名词，乃至后世更有用作商标者。有心栽花花不发，无心插柳柳成荫，千年之下，杜牧或许也当会心一笑吧。

赤壁

[唐] 杜牧

折戟沉沙铁未销，

自将磨洗认前朝。

东风不与周郎便，

铜雀春深锁二乔。

....

◎ 折戟：折断的戟。戟，古代兵器。

◎ 铜雀：铜雀台。

◎ 二乔：东吴乔公的两个女儿，大乔嫁给了
孙策，小乔嫁给了周瑜。

这是一首咏史诗。咏史，不管讽刺也好，感慨也罢，都是要从历史中吸取教训经验，对当下形成借鉴警醒。

　　三国时期距杜牧所在的晚唐，已经间隔六百多年，连沙土中掩埋的古战场兵器都早已锈迹斑斑，然而后人还是不甘寂寞地要将之打磨洗净，辨别一番前朝遗物。联想到当年那场轰轰烈烈的赤壁大战，孙刘联军以少胜多，打败了曹操号称百万的大军，但如果不是时节恰好的东南风相助，火攻计策未必奏效，胜负之数也未可知，说不定历史的结局就此改写，曹操一

扫码收听

举获胜，连孙策和周瑜的妻子"二乔"都会变成俘虏，被曹操带回铜雀台寻欢作乐呢。

杜牧将赤壁之战的胜负，归结到"东风不与周郎便"这个偶然性因素上，看似随意，其实蕴藏着深刻哲理。事物发展的规律，往往决定于某个不起眼的细节，而对这些细节如果不加以足够重视，就容易被当作偶然性忽略掉，但也许恰恰正是"细节决定成败"。中国古代有不少以少胜多的战争例子，如果一一分析，说不定都能找出这样的答案。

望海潮

[北宋] 柳永

东南形胜，三吴都会，钱塘自古繁华。烟柳画桥，风帘翠幕，参差十万人家。云树绕堤沙，怒涛卷霜雪，天堑无涯。市列珠玑，户盈罗绮，竞豪奢。

重湖叠巘清嘉，有三秋桂子，十里荷花。

羌管弄晴，菱歌泛夜，嬉嬉钓叟莲娃。千

骑拥高牙，乘醉听箫鼓，吟赏烟霞。异日

图将好景，归去凤池夸。

⋯⋯⋯⋯⋯⋯⋯⋯⋯⋯⋯⋯

◎ 巘（yǎn）：大山上的小山。

◎ 高牙：高矗的牙旗。代指达官贵人出行的队伍。

◎ 凤池：全称凤凰池，原指皇宫禁苑中的池沼。此

处指朝廷。

柳永（约987—约1053）

北宋著名词人，婉约词派代表人物。崇安（今福建武夷山）人，原名三变，字耆卿。宋仁宗朝进士，官至屯田员外郎，故世称柳屯田。他自称"奉旨填词柳三变"，以毕生精力填词，并以"白衣卿相"自诩。其词多描绘城市风光和歌妓生活，尤长于抒写羁旅行役之情，创作慢词独多。铺叙刻画，情景交融，语言通俗，音律谐婉，在当时流传极其广泛，人称"凡有井水饮处，皆能歌柳词"，对宋词的发展有重大影响，代表作有《雨霖铃》《八声甘州》等。

上有天堂，下有苏杭。柳永的这首词可谓将北宋时期的杭州繁华描绘得淋漓尽致，如在眼前。据说词的创作背景，是柳永得知早年同学孙何在杭州做了高官，于是借夸赞杭州景色秀美、人民生活富足，奉承老朋友治理有方，希望得到老朋友的关照提携。孙何当时是否关照了柳永，已经不得而知。不过据南宋文人罗大经《鹤林玉露》记载，时隔近百年之后，金朝统治者完颜亮听到柳永这首词，大为羡慕，于是决定发兵南下，欲将南宋一举吞并，最后以失败告终，连完颜亮本人也因此被叛乱的下属所杀。可见这首词的魅力之大，甚至影响了历史进程。

扫码收听

　　这首词从杭州悠久的历史切入，点出其在东南一带独领风骚的城市地位。这里水道桥梁纵横，街坊帘幕深垂，杨柳依依，如同图画，十万户居民熙熙攘攘生活。钱塘江波浪滚滚，惊涛拍岸，天堑一般环绕着城池。市面上绫罗绸缎、珍珠宝物，应有尽有，人们的日子过得富有而优裕。西湖边上，山峦叠翠，秋天有桂花香满道路，夏日则有荷塘叶连十里。笙歌燕舞，一派升平景象。达官贵人（这里指孙何）出游的队伍浩浩荡荡，美景赏心悦目，待画成图画，待治理有方、青云直上的那天，可以在朝廷中夸耀自己的功业。

　　到了南宋，杭州成为都城，比北宋时期多了繁华热闹。只不过毕竟有此前国破家亡的痛史，那首"山外青山楼外楼，西湖歌舞几时休？暖风熏得游人醉，直把杭州作汴州"便多了讽刺之意。不知柳永如果得知，会有什么感想？

岳阳楼记

[北宋] 范仲淹

庆历四年春，滕子京谪守巴陵郡。越明年，政通人和，百废具兴，乃重修岳阳楼，增其旧制，刻唐贤今人诗赋于其上，属予作文以记之。

予观夫巴陵胜状，在洞庭一湖。衔远山，吞长江，浩浩汤汤，横无际涯，朝晖夕阴，气象万千，此则岳阳楼之大观也，前人之述备矣。然则北通巫峡，南极潇湘，迁客骚人，多会于此，览物之情，得无异乎？

若夫淫雨霏霏，连月不开，阴风怒号，浊浪排空，日星隐曜，山岳潜形，商旅不行，樯倾楫摧，薄暮冥冥，虎啸猿啼。登斯楼也，则有去国怀乡，忧谗畏讥，满目萧然，感极而悲者矣。

至若春和景明，波澜不惊，上下天光，一碧万顷，沙鸥翔集，锦鳞游泳，岸芷汀兰，郁郁青青。而或长烟一空，皓月千里，浮光跃金，静影沉璧，渔歌互答，此乐何极！登斯楼也，则有心旷神怡，宠辱偕忘，把酒临风，其喜洋洋者矣。

嗟夫！予尝求古仁人之心，或异二者之为，何哉？不以物喜，不以己悲，居庙堂之高则忧其民，处江湖之远则忧其君。是进亦忧，退亦忧。然则何时而乐耶？其必曰"先天下之忧而忧，后天下之乐而乐"乎！噫！微斯人，吾谁与归？

时六年九月十五日。

◎ 庆历四年：公元 1044 年。庆历，宋仁宗赵祯的年号。
◎ 巴陵郡：即湖南岳阳。
◎ 属：通"嘱"，嘱托、嘱咐。
◎ 曜：日光。
◎ 偕：一起。

范仲淹（989—1052）

字希文，苏州吴县（今属江苏）人。北宋著名的思想家、政治家、军事家和文学家。历任多处地方官，清正廉明，富有政绩。任职西北，抵御西夏，巩固边防。庆历三年（1043），上书革新政治，是推行庆历新政的主要人物。范仲淹是中国传统士大夫的典范，他的"先天下之忧而忧，后天下之乐而乐"的家国情怀是中华优秀传统文化的代表。范仲淹主张文章"应于风化"，认为"虞夏之书，足以明帝王之道"；著名的《岳阳楼记》，铺叙藻饰，写景壮丽，为历代传诵。他也擅长词赋，其中《渔家傲》一首，境界壮阔，风格苍凉，突破了唐末五代词的绮靡风气。著有《范文正公文集》。

　　《岳阳楼记》其实是一篇看图写话。当时，因为推行改革被政敌打击的他，贬官外放。友人滕子京在湖南地方官的任上，重新修竣了名胜岳阳楼，给范仲淹寄来一幅岳阳楼边观赏洞庭湖的画，邀请他写一篇文章。在没有现场观摩的情况下，范仲淹仅凭想象，创作出了这一千古名作。

　　全文从叙述创作由来切入，赞扬了老友施政有方的成就，随即笔墨铺洒，汪洋恣肆，描绘岳阳楼下的洞庭湖景色。作者

扫码收听

敏锐地指出，即便景色相同，观景之人由于境遇不同，心情各异，所引发的联想与情感也大相径庭。在狂风暴雨、波涛汹涌时刻，人的心情也会因此被感染上悲凉凄楚的气氛。在阳光明媚、风平浪静面前，赏景之人自然也容易愉悦快乐，无忧无虑。然而这种被外界干扰的情怀，并不是君子追求的最高修为。真正的圣贤，正在于"不以物喜，不以己悲""先天下之忧而忧，后天下之乐而乐"。从描写到议论，从寻常风景到人生境界，文章最后收束升华于范仲淹忧国忧民的感慨之中。

儒家思想，有"穷则独善其身，达则兼济天下"的说法。但是在范仲淹看来，"独善其身"还不够，士大夫应当随时随地以天下为己任，"居庙堂之高则忧其民，处江湖之远则忧其君"，不管处于怎样的艰辛困苦境地，都不能放弃自我的使命。北宋理学家张载，则提出了"为天地立心，为生民立命，为往圣继绝学，为万世开太平"的宏伟目标；明朝思想家顾炎武，也有"天下兴亡匹夫有责"的观点。对于这些志同道合者，范仲淹一定会引以为知己吧。

采桑子

［北宋］欧阳修

荷花开后西湖好，载酒来时。

不用旌旗，前后红幢绿盖随。

画船撑入花深处，香泛金卮。

烟雨微微，一片笙歌醉里归。

◎ 西湖：指颍州（今安徽省阜阳市）西湖。欧阳修晚年退休后住在颍州，写了一组《采桑子》（十首）。

◎ 旌旗：古代旌旗仪仗。

◎ 幢：古代的帐幔。

◎ 盖：古代一种似伞的遮阳物。

◎ 卮（zhī）：古代盛酒的器皿。

欧阳修（1007—1072）

字永叔，号醉翁，晚号六一居士。吉州永丰（今江西永丰）人，谥号文忠，世称欧阳文忠公。北宋政治家、文学家、史学家，"唐宋八大家"之一。他大力倡导诗文革新运动，改革了唐末到宋初的形式主义文风和诗风，取得了显著成绩。由于他在政治上的地位和散文创作上的巨大成就，他在宋代的地位类似于唐代的韩愈。《朋党论》《新五代史·伶官传序》《醉翁亭记》等，都是历代传诵的佳作。欧阳修史学造诣深，参加修撰《新唐书》，又自著《新五代史》，也擅长写词，代表作有《采桑子》（群芳过后西湖好）、《生查子》（去年元夜时）、《蝶恋花》（庭院深深深几许）等。今存《欧阳文忠公全集》。

欧阳修咏唱颍州西湖的《采桑子》十首具体创作年代学界尚有争论。但《采桑子》前有《西湖念语》篇，欧阳修自述道："因翻旧阕之词，写以新声之调，敢陈薄伎，聊佐清欢。"又因其前自称"闲人"，可知应为欧阳修宋神宗熙宁四年（1071）致仕归颍后，整理成的联章体鼓子词（此组词首句均有"西湖好"）。颍上西湖胜景和致仕后的闲适生活自然激发了词人创作的情志，但这十首词中同样也有用其在宋仁宗皇祐元

扫码收听

年（1049）权知颍州时的旧作加工润色而成的作品，因而情感并不完全统一。

本词为这组词的第七首，写的是欧阳修于荷花盛放之际载酒游西湖的情形。此时已退出官场的欧阳修，再也没有旌旗仪仗这样的排场相扰，但画船撑入荷花深处，自有红花为幢、绿叶为盖相随而来，自然之趣，其乐无穷，更有菡萏之香与美酒之醇交融，烟雨迷蒙与笙歌之乐相伴，微醉的词人真犹如西湖上的神仙，在舒然陶醉中悠悠归去。

本词遣词清新自然，自带冲淡闲雅的况味。清代学者、词论家许昂霄曾评《采桑子》"闲雅处自不可及"，可谓知言。

蝶恋花

[北宋] 欧阳修

庭院深深深几许，杨柳堆烟，帘幕无重数。

玉勒雕鞍游冶处，楼高不见章台路。

雨横风狂三月暮，门掩黄昏，无计留春住。

泪眼问花花不语，乱红飞过秋千去。

....

◎ 玉勒：玉制的马衔。

◎ 雕鞍：精雕的马鞍。

◎ 游冶处：指歌楼妓院。

◎ 章台：原指汉长安街名。《汉书·张敞传》有
"走马章台街"语。唐代许尧佐《章台柳传》，记妓
女柳氏事。后因以章台为歌妓聚居之地。

本词亦载入冯延巳《阳春集》中，但学界主流仍认定其为欧阳修之作。虽为闺怨词，但格调颇高，尤以起首"庭院深深深几许"和结尾"泪眼问花花不语，乱红飞过秋千去"最为后世称道。

李清照《词序》曾云："欧阳公作《蝶恋花》，有'庭院深深深几许'之句，予酷爱之。"并且易安还亲自用"庭院深深"作数阕词，足见其爱之深。易安晚年曾写下"寻寻觅觅，冷冷清清，凄凄惨惨戚戚"的旷世奇笔，其叠词运用与情感契合之高妙处，与欧阳公此句竟有几分暗合。欧阳公起笔先言"深深"，状女主人公所居之地的幽深封闭，复问"深几许"，问中带有浓厚的感叹意味，更有深不可言之意，而"杨柳堆烟，帘幕无重数"恰是对此问的一个最好的回答，柳密雾浓，帘幕重重，环境的隔绝，象征着身心的压抑，庭院深深的背后是女主人公内心深深的哀怨之情。然而，与之形成鲜明对比的是，那

扫码收听

薄幸的王孙公子却在秦楼楚馆间寻欢作乐、冶游不归。"雨横风
狂三月暮"既是现实的风雨，也是女主人公内心的凄风苦雨，
摧残着春花，也摧残着女主人公的芳心与年华，所有的美好都
"无计留住"。结尾"泪眼问花花不语，乱红飞过秋千去"，王国
维评其为"有我之境"——以我观物，故物皆著我之色彩，女
主人公将自伤身世的悲苦之情著于落花之上，此情此景正与黛
玉《葬花词》"花谢花飞花满天，红消香断有谁怜"异曲同工，
怎能不让人读来泪眼蒙眬？乱红翻飞，飞过当年的青春嬉戏之
地，曾经的欢乐时光、美好回忆，似乎也都随这乱花一起远
去、飘逝，徒留无尽的哀伤。

　　闺怨之外，晚清才子俞陛云评此词："殆有寄托，不仅送
春也。"欧阳公虽一代文宗，但朝堂几起几落，将不得志之怨寄
托词中，衷肠深婉，亦未可知。

饮湖上初晴后雨（其二）

〔北宋〕苏轼

水光潋滟晴方好，
山色空蒙雨亦奇。
欲把西湖比西子，
淡妆浓抹总相宜。

◎ 潋滟（liàn yàn）：水满而波动的样子。

◎ 空蒙：雨雾迷蒙，山色若有若无。

◎ 西子：西施，春秋时越国的美女。

苏轼（1037—1101）

字子瞻，号东坡居士，眉州眉山（今四川眉山）人。苏轼在诗、文、词三方面都达到了极高的造诣，堪称宋代文学最高成就的代表，而且他在书法、绘画等领域的成就也很突出。苏轼和父亲苏洵、弟弟苏辙合称为"唐宋八大家"中的"三苏"。其文汪洋恣肆，明白畅达，与欧阳修并称"欧苏"；诗清新豪健，善用夸张比喻，在艺术表现方面独具风格，与黄庭坚并称"苏黄"；词开豪放一派，对后代很有影响，与辛弃疾并称"苏辛"；书法擅长行书、楷书，用笔丰腴跌宕，有天真烂漫之趣，与黄庭坚、米芾、蔡襄合称"宋四家"；画能画竹，学文同，也喜作枯木怪石，论画主张神似。著有《苏东坡全集》和《东坡乐府》等。

如果不是苏轼的到来，杭州的美将会少了多少神韵。

苏子于西湖畔陪客终日宴游，有幸一览西湖由晴入雨的变化，而在苏子眼中，西湖的晴雨各有其美，"水光潋滟"之明丽晴光，"山色空蒙"之朦胧雨色，都是造物主之无尽藏也，都值得我们好好欣赏体味。

而诗的后两句堪称神来之喻，苏子以千古绝色美人西施喻

扫码收听

西湖，一则西施故里诸暨与杭州毗邻，二则两"西"相应，两
"美"共生，可谓天作之合，"西子湖"也因此成了西湖的别
名。西湖晴光雨色各有韵致，亦如西子淡妆浓抹俱是可爱，所
以人生一世，又何必执着一端，或许那不期而至的更是人生的
另一番胜景。宋人称此佳句"道尽西湖好处"，然而此两句道尽
的又何止于此？苏子本性之洒脱旷放，由此亦可见之。

水调歌头

〔北宋〕苏轼

丙辰中秋，欢饮达旦，大醉，作此篇，兼怀子由。

明月几时有？把酒问青天。

不知天上宫阙，今夕是何年。

我欲乘风归去，又恐琼楼玉宇，高处不胜寒。

起舞弄清影，何似在人间？

转朱阁，低绮户，照无眠。

不应有恨，何事长向别时圆？

人有悲欢离合，月有阴晴圆缺，此事古难全。

但愿人长久，千里共婵娟。

....

◎ 丙辰：指公元 1076 年（宋神宗熙宁九年）。

◎ 达旦：到清晨。

◎ 子由：苏轼的弟弟苏辙的字。

◎ 把酒：端起酒杯。

◎ 天上宫阙：指月中宫殿。阙，宫门前的望楼。

◎ 琼楼玉宇：传说中月宫里神仙居住的楼宇。形容月中宫殿的精美。

◎ 不胜：经受不住。胜：承担、承受。

◎ 弄清影：与自己的影子互相娱乐。

◎ 何似：不如。

◎ 低：月光下射。

◎ 不应有恨：指月而言，言月不知有人世的愁恨，它自己忽圆忽缺也就是了，为什么偏在人们离别时而独自圆满呢？

◎ 此事：指人的"欢""合"和月的"晴""圆"。

◎ 但：只。

◎ 婵娟：此处喻指明月。

熙宁九年（1076）中秋之夜，时任密州知州的苏轼，虽还未遭谒此后"乌台诗案"那样的大难，但他因反对王安石新法而自请外放，辗转各地为官，内心的失意在所难免。加之此时他已与胞弟苏辙分别七年之久，月圆之夜思念之情更加强烈。于是，他在欢饮达旦、大醉之后写下了这首脍炙人口的名篇，在表达了内心对出世入世、圆缺离合的纠结矛盾之余，更以其一贯旷逸豁达的情怀，为后世人留下了"但愿人长久，千里共婵娟"的千古名句。

　　与诗仙李白一样，苏轼历来也有"谪仙"之美誉。然则两人不同的是，李白更近仙，他纵酒放歌、飘逸洒脱起来，仿佛已不属于这人世，只能与亘古之月对酌共舞；而苏轼则更近人，他始终眷恋人世，纵然在历经种种磨难之余，他也有过遗世独立的想法，但现实生活中的他从不减对人世的热爱与关心。正如本词，他也"欲乘风归去"，但最终还是觉得"高处不胜寒""何似在人间"。他也恼月的"不合时宜"，但还是要为月开脱，自然之月的阴晴圆缺与人生的悲欢离合都是免不了的，既然如此，何必执着？不如豁达一点儿，只要人平安、情长久，千里共月，不也是一件很美的事儿吗？ 1076 年的那个中秋之夜，苏轼就这样从一己之情出发，为千百年来所有忍受着离别之苦的人们，留下了一句最贴心的安慰与最美好的祝愿。

念奴娇·中秋

[北宋]苏轼

凭高眺远，见长空万里，云无留迹。

桂魄飞来，光射处，冷浸一天秋碧。

玉宇琼楼，乘鸾来去，人在清凉国。

江山如画，望中烟树历历。

我醉拍手狂歌，举杯邀月，对影成三

客。起舞徘徊风露下，今夕不知何夕？

便欲乘风，翻然归去，何用骑鹏翼。

水晶宫里，一声吹断横笛。

◎ 桂魄：月亮的别称。《尚书》注谓月轮无光之处为"魄"。又《酉阳杂俎》："月中有桂，高五百丈，下有一人常斫之，树创随合。"故称月亮为"桂魄"。

◎ 乘鸾：驾着凤凰。《异闻录》："开元中，明皇与申天师游月中，见素娥十余人，皓衣乘白鸾，笑舞于广庭大桂树下。"

◎ 清凉国：谓清静凉爽的地方。此处用以形容月宫。

◎ 烟树：烟雾笼罩的树木。历历：清楚可数。

◎ 水晶宫：指月宫。

◎ 一声吹断横笛：喻胸中豪气喷薄而出。李肇《唐国史补》卷下：李舟以笛遗李牟，"牟吹笛天下第一，月夜泛江，维舟吹之……甚为精壮，山河可裂……及入破，呼吸盘擗，其笛应声粉碎"。李牟，或作李谟。

苏子一生，对月有着特殊的感情和独到的领悟，而一年一度的中秋之月，更因其仿若苏子一生"身如不系之舟"（苏轼《自题金山画像》）的见证，而更能引发其别样的诗情。在苏子所有的"中秋词"中，除了脍炙人口的《水调歌头》（明月几时有）外，这首写于元丰五年（1082）的《念奴娇·中秋》最为后世称道，有论者评之"有仙气缥缈于毫端"（清人李佳《左庵词话》）。作此词时苏子因"乌台诗案"遭祸，劫后余生，谪居黄州，已三载有余。然而，黄州生活的困顿清苦显然并没有让苏子消沉，在奉守儒家"用舍由时，行藏在我"（苏轼《沁园春》（孤馆灯青））人生观念的同时，他也进一步吸取了佛、

扫码收听

道随缘自适、超然物外的人生哲学，通过对生命终极意义的追寻与思考，形成了苏子特有的豪迈、旷达的人生态度。这首词中，苏子对精神家园的寻求与认知显然较《水调歌头》(明月几时有)更深了一层，面对人生之困顿无常，苏子不再是简单地以"此事古难全"来做无奈的劝慰，而是化用庄子《逍遥游》中"列子御风而行"和大鹏扶摇直上的典故，以精神之逍遥完成人生之超越，更以"水晶宫里，一声吹断横笛"之奇笔，将个体的生命意志放置在广博的宇宙时空中，于是这一声清脆的笛音随苏子胸中的逸怀浩气一起，在云霄中飘荡回响，直至千年。

念奴娇·赤壁怀古

[北宋] 苏轼

大江东去，浪淘尽，千古风流人物。

故垒西边，人道是，三国周郎赤壁。

乱石穿空，惊涛拍岸，卷起千堆雪。

江山如画，一时多少豪杰。

遥想公瑾当年，小乔初嫁了，雄姿英发。

羽扇纶巾，谈笑间，樯橹灰飞烟灭。

故国神游，多情应笑我，早生华发。

人生如梦，一尊还酹江月。

....

◎ 念奴娇：词牌名。又名"百字令""酹江月"等。

◎ 赤壁：长江、汉水流域共有五处叫赤壁的地方。苏轼所游的赤壁，指黄州赤壁，一名"赤鼻矶"，在今湖北黄冈西。而三国古战场的赤壁，一直存有争论，学界一般认为在今湖北嘉鱼境内。

◎ 故垒：过去遗留下来的营垒。

◎ 周郎：指三国时吴国名将周瑜，字公瑾，少年得志，二十四岁为中郎将，掌管东吴重兵，吴中皆呼为"周郎"。下文中的"公瑾"，即指周瑜。

◎ 穿空：一作"崩云"，如云崩裂。

◎ 拍岸：一作"裂岸"。

◎ 小乔初嫁：乔，本作"桥"。桥玄的幼女，周瑜的妻子。《三国志·吴志·周瑜传》载，周瑜从孙策攻皖，"得桥公两女，皆国色也。策自纳大桥，瑜纳小桥"。其实，小乔嫁给周瑜是赤壁之战十年前，此处说"初嫁"是为了突出周瑜少年英才、风流倜傥的形象。

◎ 羽扇纶巾：古代儒将的装束。纶巾，青丝带做的头巾。

◎ 樯橹：这里代指曹操的水军战船。一作"强虏"，强大的敌人，指曹军。又作"樯虏""狂虏"。

◎ 尊：通"樽"，酒杯。

◎ 酹：以酒洒来表示祭奠。

南宋胡仔《苕溪渔隐丛话》中曾论本词："语意高妙，真古今绝唱。"可谓一语中的。

　　"大江东去，浪淘尽，千古风流人物。"此一开篇劈空而出，气脉沉雄。江水滔滔横跨万里，英雄人物纵贯千年，开阔博大的景色与古往今来的历史交相辉映，恢宏的气势震人心魄，然细品其间，壮阔豪迈之余，苍凉顿生。自然的江水始终磅礴奔涌，而那些曾称雄一世、指点江山、叱咤风云的人们，而今安在？

　　但纵如此，也不妨碍苏子以最绝妙的赞笔书写他内心最为激赏的英雄——三国周郎，周瑜周公瑾。周郎甫一出场，"乱石穿空，惊涛拍岸，卷起千堆雪"。千峰如削、波涛震天、雪浪若奔，仿佛直接将我们带到了刀光剑影、人吼马嘶的赤壁古战场。然而，面对一场流血漂橹、尸横蔽江的大战，苏子笔下的

扫码收听

周郎却风流儒雅、气定神闲，"谈笑间，樯橹灰飞烟灭"，多情的苏子更有意将小乔初嫁与英雄建功进行了奇妙的组接，英雄美人相得益彰，雄姿英发扑面而来，苏子笔下周郎的神采风华无一不令人艳羡。

然一句"故国神游，多情应笑我，早生华发"，仿若英雄梦醒，周公瑾三十四岁建此旷世奇功，而自己年近五十，鬓染霜华却一事无成，谪居困顿如此，却还为古人的功业而仰慕激动，岂不可笑？但又如何呢？"人生如梦"，纵是英雄豪杰如周公瑾，也终将成为历史长河里的浪花一朵。既然人生如梦，又何必执着计较，古往今来，唯有江月永恒如斯，与其低头慨叹，不如抬手酹月，化悲愤为旷达，这才是苏轼的情怀——在苦难之中的一种超脱，在洞透之时的一种坦然，在超逸之后的一种智慧，在如梦人生中对永恒与无穷的不舍追寻。

定风波

〔北宋〕苏轼

三月七日，沙湖道中遇雨。雨具先去，同行皆狼狈，余独不觉。已而遂晴，故作此。

莫听穿林打叶声，

何妨吟啸且徐行。

竹杖芒鞋轻胜马，谁怕？

一蓑烟雨任平生。

料峭春风吹酒醒，

微冷，山头斜照却相迎。

回首向来萧瑟处，

归去，也无风雨也无晴。

....

◎ 沙湖：在今湖北黄冈东南三十里。

◎ 已而：过了一会儿。

◎ 穿林打叶声：指大雨点透过树林打在树叶上的声音。

◎ 吟啸：放声吟咏。

◎ 芒鞋：草鞋。

◎ 轻胜马：比骑马还要轻松。

◎ 料峭：微寒的样子。

◎ 斜照：偏西的阳光。

◎ 向来：方才。

◎ 萧瑟：指风雨吹打树叶声，也指风雨引起的困难。

苏子一生，对于自然之晴雨似乎有着格外透辟的感悟。

　　熙宁六年（1073），苏子因遭逢"初晴后雨"而写出了晴雨俱佳的西湖胜景，为西湖留下了西子湖的千古美名。元丰五年（1082），在经历"乌台诗案"后的第三个春天，苏子在黄州又淋了一场"不同寻常"的雨。没有气恼、没有狼狈，苏子穿上芒鞋，拄着竹杖，在穿林打叶的风雨中，唱着歌、吟着诗，慢慢地向前走。披着蓑衣，任凭风吹雨打乃是平生经惯，任其自然，有何可怕？春风料峭，顿感微寒，但转眼间雨过天晴，一照夕阳迎面而来，再回首来程风雨潇潇，却是"也无风雨也无晴"。雨也罢，晴也罢，都一笔勾销，于我心无挂。这

扫码收听

就是苏子"进退得丧，齐之久矣，皆不足道"（苏轼《与杨元素书》）的旷达，而扫相破执间，又几近禅境。正是："本来无一物，何处惹尘埃?"无悲无喜、胜败两忘、宠辱不惊，真正明净透彻的心灵不会为外物所扰，因为无所牵挂，才能所向无敌。

元符三年（1100），时年六十四岁已几近走到人生终点的苏子，在从遥远的贬谪之地——海南儋州遇赦归来途中，再一次满怀傲然地写下了"苦雨终风也解晴"，一切苦难都会过去，天容海色本自澄清。苏子，就这样潇洒、坚定、从容地走过了他坎坷的风雨人生，活出了人生的大境界。

阮郎归·初夏

[北宋] 苏轼

绿槐高柳咽新蝉，薰风初入弦。碧纱窗下水沉烟，棋声惊昼眠。

微雨过，小荷翻，榴花开欲然。玉盆纤手弄清泉，琼珠碎却圆。

....

◎ 薰风：南风，和暖的风。

◎ 榴花：石榴花，红色。

◎ 然：通"燃"，燃烧。

闺阁题材，是古典诗词创作的重要主题。男性作者以欣赏或同情的目光，切入深闺女性的生活，或者以为她代言的方式，倾诉思念情人的幽怨，或者以细腻的画笔，描绘别致情趣。苏轼这首词属于后者，展示了一幅夏日时节活泼愉悦、充满生机的女性生活画卷。

　　全篇描写夏季的景物，运用侧面烘托的手法，没有出现一个"夏"字，却让人感受到扑面而至的浓浓夏意：垂柳，鸣蝉，薰风，微雨，荷叶，榴花……纱窗映出树荫的碧绿，香炉升腾起缭绕烟雾，棋盘落子之声，将少女的闺梦惊醒。小雨刚过的天气清爽宜人，石榴花鲜艳得仿佛燃烧的火焰。少女用纤纤玉手拨弄着如玉盘般精致的荷叶上的水滴，珍珠般的水滴，一会

扫码收听

儿聚拢，一会儿又分散。近代学者俞陛云在《唐五代两宋词选释》中对此评论："写闺情而不着言辞，不作情语，自有一种闲雅之趣。"

金朝文学家元好问有一首曲子《骤雨打新荷》，前半阕"绿叶阴浓，遍池亭水阁，偏趁凉多。海榴初绽，朵朵簇红罗。乳燕雏莺弄语，有高柳鸣蝉相和。骤雨过，似琼珠乱撒，打遍新荷"，几乎就是苏轼这首词的翻版。不过后半阕"人生百年有几，念良辰美景，休放虚过。穷通前定，何用苦张罗。命友邀宾玩赏，对芳樽，浅酌低歌。且酩酊，从教二轮，来往如梭"，则是人生感叹，更接近苏轼的《念奴娇·赤壁怀古》，而不是闺情主题了。

梅花

[北宋]王安石

墙角数枝梅，
凌寒独自开。
遥知不是雪，
为有暗香来。

136

◎ 凌寒：冒着严寒。

◎ 遥：远远地。

◎ 为：因为。

王安石（1021—1086）

字介甫，号半山。抚州（今江西抚州）人，北宋著名的思想家、政治家、文学家、改革家。"唐宋八大家"之一。其政治变法对北宋后期社会经济具有很深的影响，已具备近代变革的特点，被列宁誉为"中国十一世纪伟大的改革家"。王安石在文学上具有突出成就。其散文论点鲜明、逻辑严密，有很强的说服力，充分发挥了古文的实际功用；短文简洁峻切、短小精悍。其诗"学杜得其瘦硬"，擅长于说理与修辞，晚年诗风含蓄深沉、深婉不迫，以丰神远韵的风格在北宋诗坛自成一家，世称"王荆公体"。有《王临川集》《临川集拾遗》等存世。

这首诗，仅仅二十个字，不作正面描写，而是侧面烘托，就将梅花傲雪凌寒、暗香孤赏的高洁表现得淋漓尽致。创作这首诗时，王安石在政治上处于失利状态，诗歌风格也由外放转向含蓄。写梅花的品格，自然也是写诗人自己的品格，以梅自比，即使面对风雪的压迫，也能昂然盛放，在幽暗的角落，依然保留高雅的芬芳。

梅花，作为文学作品的常客，寄寓着中国文人清高孤傲、

扫码收听

贞洁脱俗的理想形象。王安石的前辈林逋，号称"梅妻鹤子"，终身未娶，以梅花为自己的伴侣，传诵千古。王安石的后辈陆游，则爱梅如痴，毕生创作的梅花诗词多达百首，更以"一树梅花一放翁"而闻名。王安石的同辈苏轼，则有"高情已逐晓云空，不与梨花同梦"的咏梅作品。这些历史人物，或许政见不同，但对梅花的喜爱赞赏却是相同的，梅花对他们而言，已经不仅仅是一种植物，而是一种不可磨灭的人格象征。

元日

[北宋] 王安石

爆竹声中一岁除，

春风送暖入屠苏。

千门万户曈曈日，

总把新桃换旧符。

....

◎ 屠苏：屠苏酒。古代过年时的一种习俗，大年初一全家合饮这种用屠苏草浸泡的酒，以驱邪避瘟疫，求得长寿。

◎ 曈曈：日出时光亮而温暖的样子。

◎ 桃：桃符。古代一种风俗，农历正月初一时人们用桃木板写上神荼、郁垒两位神灵的名字，悬挂在门旁，用来压邪。

古往今来，辞旧迎新的诗歌，以这首诗最为脍炙人口。王安石生动地描绘了北宋时人们迎接新春的各种风俗，燃放爆竹、喝屠苏酒、贴大门桃符……与千年之下的我们，似乎也没有太大的区别，可见中华文化的传统一脉相承，直至今天也没有中断。诗歌平白如话，流畅爽快，让人由衷感受到新年的喜悦。而对于诗人来说，这首诗还有着另一层含义。

　　作为当时的政治家，王安石看到了北宋王朝长久以来的弊病，向皇帝宋神宗提出了变法的主张。宋神宗任命王安石为宰相，启动改革。这首诗的创作背景与此紧密相关，它不仅是对人们迎接新年的写实，也是王安石踌躇满志、推行新法的隐喻。时代的车轮滚滚向前，新事物必将取代旧事物，抱残守缺绝不是发展进步之道。"王安石变法"作为北宋波澜壮阔的一页，虽然最终以失败告终，却长久启示着后世追求变革图强的仁人志士们。一首《元日》，也悄然记载下了这段历史。

爱莲说

[北宋]周敦颐

水陆草木之花，可爱者甚蕃。晋陶渊明独爱菊。自李唐来，世人甚爱牡丹。予独爱莲之出淤泥而不染，濯清涟而不妖，中通外直，不蔓不枝，香远益清，亭亭净植，可远观而不可亵玩焉。

予谓菊，花之隐逸者也；牡丹，花之富贵者也；莲，花之君子者也。噫！菊之爱，陶后鲜有闻。莲之爱，同予者何人？牡丹之爱，宜乎众矣。

············

◎ 蕃：多。

◎ 濯：洗。

◎ 妖：妖艳。

◎ 益：更加。

◎ 亵：轻慢，亲近而不庄重。

周敦颐（1017—1073）

字茂叔，号濂溪，宋营道楼田堡（今湖南道县）人。北宋著名哲学家，是学术界公认的理学开山鼻祖。他的理学思想在中国哲学史上起到了承前启后的作用。他曾在莲花峰下开设濂溪书院讲学，其学说经过弟子程颢、程颐以及后来朱熹等人的推崇，对以后理学的发展有很大的影响。著有《周子全书》行世。

　　周敦颐作为著名理学家，对人生哲学自然有着不同凡俗的认识。《爱莲说》将莲花比作花中君子，着重描绘其高洁坚贞的品格，传递的则是作者洁身自好、不与俗世混同的孤介节操，将毕生追求的人生态度展露无遗。

　　这篇文章文字平实简朴，娓娓道来，从陶渊明爱菊，转到世俗众人对牡丹的爱好，又引出自己对莲花的喜爱赞美。"出淤泥而不染，濯清涟而不妖，中通外直，不蔓不枝，香远益清，亭亭净植，可远观而不可亵玩"，寥寥数语，却将莲花的清高、孤傲、芬芳、宁静、雅致之美描绘得栩栩如生，成为千百年来

扫码收听

人们引用不衰的佳句。最后，作者用隐逸、富贵、君子分别给三种花下了定义，感慨自己与众不同的爱莲雅好，颇有一丝"微斯人，吾谁与归"的惆怅。文章短小精悍，朗朗上口，其意境主旨又与作者高风亮节相得益彰，因此成为传诵千古的名作。

南宋时期，理学家朱熹在周敦颐讲学的江西庐山一带做官，满怀仰慕之情，修建了爱莲池和爱莲堂，并从周的曾孙周直卿处得到周敦颐《爱莲说》墨迹，请人刻石立在池边，并作诗纪念："闻道移根玉井旁，花开十里不寻常。月明露冷无人见，独为先生引兴长。"

声声慢

[宋] 李清照

寻寻觅觅，冷冷清清，凄凄惨惨戚戚。

乍暖还寒时候，最难将息。

三杯两盏淡酒，怎敌他、晚来风急？

雁过也，正伤心，却是旧时相识。

满地黄花堆积，憔悴损，如今有谁堪摘？

守着窗儿，独自怎生得黑？

梧桐更兼细雨，到黄昏、点点滴滴。

这次第，怎一个愁字了得！

◎ 乍暖还寒：谓天气忽冷忽暖，暖意只在刹那间。

还，音 huán；一说音 xuán，通"旋"，立即意。

◎ 将息：保养休息。

◎ 晚来风急：一说作"晓来风急"。

◎ 有谁堪摘：言无甚可摘。谁：何，什么。

◎ 怎生：怎样，如何。

◎ 这次第：这情形，这光景。

李清照（1084—1155）

号易安居士，济南章丘（今属山东）人。宋代（北宋、南宋之交）女词人，婉约词派代表，有"千古第一才女"之称，是中国文学史上创作力最强、艺术成就最高的女性作家。所作词，前期多写其悠闲生活，后期多悲叹身世，情调感伤，生动地展现了她的生命历程和情感历程。形式上善用白描手法，自辟途径，语言清丽。论词强调协律，崇尚典雅，提出词"别是一家"之说，反对以作诗文之法作词。能诗，留存不多，部分篇章感时咏史，情辞慷慨，与其词风不同。有《易安居士文集》《易安词》，已散佚。后人有《漱玉词》辑本。

易安此词，仅以开头一句连用十四叠字，就足以令后世倾倒称道。南宋文学批评家张端义曾云："易安秋词《声声慢》，此乃公孙大娘舞剑手。本朝非无能词之士，未曾有一下十四叠字者。后叠又云'梧桐更兼细雨，到黄昏、点点滴滴'，又使叠字，俱无斧凿痕。"张端义此评切中肯綮，叠字如此大规模地运用，自是高妙，但更为难能可贵的是，易安之用"俱无斧凿痕"，叠词的运用与其内在情感形成了高度的和谐。国危家破之际，身边已无一亲人的易安流落他乡于秋窗听雨，她的满腹愁

扫码收听

怀，她的苦闷悲戚，她的失落凄楚，都在这起拍的十四叠字中
奠定了基调。没来由的"寻寻觅觅"，是因迷茫空虚也好，是因
不甘挣扎也罢，却只寻得一派"冷冷清清"，当周围与内心都寻
不到一丝温暖，"凄凄惨惨"还不够，更要加一个"戚戚"，才
能传达出那种不能自已、无法自拔之悲。此基调一旦奠定，此
后所言一切景语莫不是悲上加悲，气候之寒、雁过之伤、黄花
之损、梧桐细雨之无尽煎熬……层层渲染，终于让易安的情感
爆发——"这次第，怎一个愁字了得！"首尾呼应，全词浑然
一体，仿若天成。

　　一曲《声声慢》，那独自面对荒凉人世的悲戚之感，已被
易安写尽！

满江红

［南宋］岳飞

怒发冲冠，凭栏处、潇潇雨歇。抬望眼，仰天长啸，壮怀激烈。三十功名尘与土，八千里路云和月。莫等闲，白了少年头，空悲切！

靖康耻，犹未雪。臣子恨，何时灭！驾长车，踏破贺兰山缺。壮志饥餐胡虏肉，笑谈渴饮匈奴血。待从头、收拾旧山河，朝天阙。

....

◎ 靖康耻：宋钦宗靖康二年（1127），金兵攻陷汴京，掳走徽、钦二帝，北宋灭亡。

◎ 贺兰山：位于今天宁夏回族自治区与内蒙古自治区交界处。是当时的外族疆域。

岳飞（1103—1142）

字鹏举，宋相州汤阴县（今河南汤阴）人，中国历史上著名的军事家、战略家、民族英雄，位列南宋中兴四将之首。岳飞是南宋最杰出的统帅，精忠报国的故事家喻户晓，他缔造了"连结河朔"之谋，主张黄河以北的抗金义军和宋军互相配合，夹击金军，以收复失地。"撼山易，撼岳家军难"是金军对他率领的岳家军的评语。岳飞的不朽词作《满江红》是千古传诵的爱国名篇。岳飞死后葬于西湖畔栖霞岭。

作为民族英雄岳飞最脍炙人口的作品，《满江红》至今仍然经久不衰，甚至成为了词牌的代名，当人们说起《满江红》时，十有八九指的是岳飞这首词。即使有学者提出"伪作"之说，世人也宁可忽略不计，因为这首词早已不仅仅是文学作品，而是中华民族激烈抗争的血脉象征。

据说这首词创作于岳飞北伐途中，踌躇满志的将军满怀收复故土的壮志，笔重千钧，写下这超越古今的豪迈。骤雨初歇，登上高楼，凭栏远眺，面对破碎的山河，将军胸中的豪情来回激荡，无法停止，回想多年来沙场征战的风尘仆仆，转战千里的艰苦卓绝，恍然惊觉，时节不居，岁月如流，白发渐

扫码收听

生，而理想却还没有实现。国难未解，大恨未消，只希望有朝
一日，率领千军万马直捣黄龙，将凶残敌人踏在脚下，等到那
个时刻，再慷慨凯旋，向期待中的满朝文武、父老乡亲，报上
胜利的喜讯。

千载之下，无论谁诵读《满江红》，都会被其中壮烈激
昂的情感所打动。当然，这与岳飞的人生悲剧也是分不开的。
"莫须有"罪名，最终让这位奋战不已的将军付出了生命代价。
但正因为此，人们愈加记住了岳飞，愈加记住了《满江红》，记
住了这股传承不灭的爱国精神。

念奴娇·过洞庭

［南宋］张孝祥

洞庭青草，近中秋，更无一点风色。玉鉴琼田三万顷，着我扁舟一叶。素月分辉，明河共影，表里俱澄澈。悠然心会，妙处难与君说。

应念岭海经年，孤光自照，肝胆皆冰雪。短发萧骚襟袖冷，稳泛沧浪空阔。尽挹西江，细斟北斗，万象为宾客。扣舷独啸，不知今夕何夕！

· ·

◎ 鉴：镜子。

◎ 澄澈：清洁明亮。

◎ 岭海：指广东、广西地区。因其北倚五岭，南临南海，故而得名。

◎ 萧骚：稀疏。

◎ 挹：舀，把液体盛出来。

张孝祥（1132—1169）

字安国，号于湖居士，历阳乌江（今安徽和县）人。南宋著名词人、书法家。张孝祥的气质与苏轼近似，同属天才型诗人，其才思敏捷，作诗填词也都以苏轼为典范。"每作为诗文，必问门人曰：'比东坡何如？'"张孝祥善诗文，尤工词，风格宏伟豪放，其词上承苏轼、下开辛弃疾爱国词派的先河，是南宋词坛豪放派的代表人物之一。他与张元干一起号称南渡初期词坛双璧，在词史上占有比较重要的地位。有《于湖居士文集》《于湖词》等传世。

南宋时，张孝祥在广西做官，被小人谗言陷害，罢官返乡，路过岳阳，时值中秋，写下了这首词。

泛舟于苍茫的洞庭湖上，波平如镜，明月朗照，山河澄净，一湖碧水，仿佛三万顷遍布美玉的田地，这样美妙的境界，实在不能言喻。回想起自己远离故乡的官宦生涯，如同明月一般清白无瑕，像冰雪一样纯净透彻。任他月夜清冷，衣衫单薄，在这空阔的湖面上，以北斗做勺，舀起西江水，天地万物都是自己的友朋贵客。于是，心情无比畅快欢悦，击打船舷

扫码收听

仰天长啸，不觉忘记了此时此刻是什么日子。

　　作者虽然是在写景，却将自己的人格不着痕迹地融入其中，一语双关，使内在美与外在美实现了完美的统一。湖水、明月，无一不是眼前的事物，又无一不是作者的化身。终究不能随波逐流、同流合污，即使形单影只，也能够孤芳自赏、超出凡尘。清末学者王闿运将这首词与苏东坡《水调歌头》相比，认为"飘飘有凌云之气，觉东坡《水调》犹有尘心"，比苏东坡词还要更胜一筹。

青玉案·元夕

[南宋] 辛弃疾

东风夜放花千树，

更吹落、星如雨。

宝马雕车香满路。

凤箫声动，玉壶光转，一夜鱼龙舞。

蛾儿雪柳黄金缕，

笑语盈盈暗香去。

众里寻他千百度，

蓦然回首，那人却在，灯火阑珊处。

◎ 元夕：阴历正月十五，俗称上元节、元宵节。唐以后有观灯习俗，亦称灯节。

◎ 花千树：花灯之多如千树开花。

◎ 星如雨：指焰火纷纷，乱落如雨。星，指焰火，形容满天的烟花。

◎ 宝马雕车：豪华的马车。

◎ "凤箫"句：指笙、箫等乐器演奏。凤箫：箫的美称。

◎ 玉壶：比喻明月。亦可解释为指灯。

◎ 鱼龙舞：指舞动鱼形、龙形的彩灯，如鱼龙闹海一样。

◎ 蛾儿、雪柳、黄金缕：皆古代妇女元宵节时头上佩戴的各种装饰品。这里指盛装的妇女。

◎ 盈盈：声音轻盈悦耳，亦指仪态姣美的样子。

◎ 暗香：本指花香，此指女性们身上散发出来的香气。

◎ 他：泛指第三人称，古时就包括"她"。

◎ 蓦然：突然，猛然。

◎ 阑珊：零落，形容灯火稀少。

辛弃疾（1140—1207）

字幼安，号稼轩，山东东路济南府历城县（今山东济南）人，南宋豪放派词人，人称词中之龙，与苏轼并称"苏辛"，与李清照合称"济南二安"。一生力主抗金。曾上《美芹十论》与《九议》，条陈战守之策。其词抒写力图恢复国家统一的爱国热情，倾诉壮志难酬的悲愤，对当时执政者的屈辱求和颇多谴责；也有不少吟咏祖国河山的作品。题材广阔又善化用前人典故入词，风格沉雄豪迈又不乏细腻柔媚之处。现存词六百多首，有词集《稼轩长短句》传世。

此词上阕着力渲染上元节灯火辉煌、歌舞繁盛的热闹之境。"东风夜放花千树，更吹落、星如雨。"既有苏味道《正月十五夜》"火树银花合"的影子，更化用岑参"忽如一夜春风来，千树万树梨花开"的妙思，仿若是东风吹放了那千树万树的花灯，又吹落了天边的星斗，化作星雨漫天，绚丽又浪漫。香车宝马如织，灯月交相辉映，笙箫齐鸣不绝于耳，艺人们载歌载舞，处处一派狂欢景象。

"蛾儿雪柳黄金缕，笑语盈盈暗香去。"下阕起笔落在一个"去"字，热闹繁华渐收。以"蛾儿雪柳黄金缕"这些女性的装

扫码收听

饰品来代指赏游灯会的美女少妇，更暗传出词人对意中人的钟情不移和"千百度"的执着寻觅。纵美女如云，个个盛装赴会，但不论是笑语盈盈，还是暗香浮动，都没有一个人能让词人的目光为之停留片刻。明明置身于上元节的热闹繁华之中，但词人的周遭却渐渐黯寂，"众里寻他千百度"是一转，似乎在告诉读者，原来词人并不是来赴此上元之会，而是专程要赴那伊人之会，但伊人，你在哪里？当场景从闹转静，当节奏由急转缓，也暗传出词人从满怀希望到焦灼失落的心境。然而，就在几近绝望之时，词人笔锋再一转，"蓦然回首，那人却在，灯火阑珊处"。是偶然、是刹那、是惊喜，那一刻，文学史上诞生了一位超群拔俗的伊人形象，那其间是词人自身人格、心境的写照，还是暗含成大事业、大学问者之境界？就留给读者感受分说了。

破阵子·为陈同甫赋壮词以寄之

[南宋] 辛弃疾

醉里挑灯看剑，梦回吹角连营。

八百里分麾下炙，五十弦翻塞外声。

沙场秋点兵。

马作的卢飞快，弓如霹雳弦惊。

了却君王天下事，赢得生前身后名。

可怜白发生！

164

◎ 破阵子：唐玄宗时教坊曲名，后用为词牌。

◎ 陈同甫：陈亮（1143—1194），字同甫，南宋婺州永康（今浙江永康）人。与辛弃疾志同道合，结为挚友。其词风格与辛词相似。

◎ 八百里：牛名。《世说新语·汰侈》载，晋代王恺有一头珍贵的牛，叫八百里驳。

◎ 分麾下炙：把烤牛肉分赏给部下。炙：切碎的熟肉。

◎ 五十弦：原指瑟，此处泛指各种乐器。

◎ 塞外声：指悲壮粗犷的战歌。

◎ 马作的卢飞快：战马像的卢马那样跑得飞快。的卢：良马名，一种烈性快马。相传刘备在荆州遇险，前临檀溪，后有追兵，幸亏骑的卢马，一跃三丈，而脱离险境。见《三国志·蜀志·先主传》。

◎ 君王天下事：统一国家的大业，此特指恢复中原事。

本词前九句一气呵成，节奏渐趋激越，势如鹰隼直上。"醉里挑灯看剑，梦回吹角连营"，两句凌空而来，醉里无眠，却挑灯看剑，足见杀敌报国之念萦绕于心、不能忘怀；恍惚入梦，仿佛听见晨曦之中，军营的角声此起彼伏、连成一片，森严又雄壮。后三句紧随其后，描写阅兵的景象。"八百里分麾下炙，五十弦翻塞外声。沙场秋点兵"，主帅用烤熟的牛肉犒赏三军，大快朵颐中酣畅淋漓，真是好不痛快，战斗的乐曲激越高亢，振奋人心、响彻边塞，正当"秋高马壮"之时，"点兵"出征，必当战无不胜。"马作的卢飞快，弓如霹雳弦惊。"横戈

扫码收听

跃马，弓弦雷鸣，快马良弓驰骋于沙场之上，势如破竹、气干云霄，这是何等的快意豪迈？于是紧接着——"了却君王天下事，赢得生前身后名"，一举双得，功成名就，岂不壮哉！全词至此，爱国之心、忠君之念及壮怀之思都被推向了顶点，然而结句却猛然跌落，一句"可怜白发生"，短短五字，戛然而止，仿若突然梦醒，英雄老矣，梦终成空，徒留难以言说的满腔悲愤，留给读者与词人一起叹息掩涕。

此乃壮词矣？此乃悲词矣！

示儿

[南宋] 陆游

死去元知万事空,

但悲不见九州同。

王师北定中原日,

家祭无忘告乃翁。

◎ 元：通"原"，原本。

◎ 九州：中国的代称。

◎ 王师：朝廷的军队。这里指南宋军队。

◎ 乃翁：你的父亲。

陆游（1125—1210）

字务观，号放翁。越州山阴（今浙江绍兴）人，南宋著名诗人。陆游二十九岁参加进士考试，因名列秦桧的孙子之前而受到秦桧的嫉恨，复试时被黜落，直到秦桧死后才得以入仕，中年入蜀，投身军旅生活，官至宝章阁待制，晚年退居家乡。曾因两度力主抗金而被罢职，但他的爱国情怀终身不渝，他一生中时刻盼望着有杀敌报国、收复中原的机会。陆游创作诗歌今存九千多首，内容极为丰富，几乎涵盖了当时社会生活的各个方面，其中最重要的是爱国主题和日常生活情景的吟咏。著有《剑南诗稿》《渭南文集》《南唐书》《老学庵笔记》等。

南宋宁宗嘉定二年（1209）农历十二月二十九日（已是1210年），时年八十五岁的陆游，留下这首七言绝句作为临终嘱托，成就了千古绝唱。弥留之际的诗人，心中惦念的不是小家的儿女情长，只说"不见九州同"的遗恨，强烈的家国情怀溢于言表，跃然纸上。

人死后万事俱空，这是无法改变的客观规律，"元知"二字表达了诗人的无畏与坦然。转念回首人生，生于北宋覆亡前夕，一生都在强敌压境、朝廷偏安的环境中生活，自许"管、

扫码收听

葛奇才",满含爱国之情、报国之志,念念不忘收复中原失地,却无处施展才能和抱负,英雄迟暮,仍旧报国无门,油尽灯枯,老死家乡。这是何等无奈又悲怆。虽然英雄能看淡生死,却抛不开心中对国家一统的憧憬和牵挂,"但"字笔锋一转,将前面的轻松和平淡一扫而空,随之而来的"悲"也反衬得更加痛苦、深重。

　　然而全诗情感的基调并没有定格于"空悲切",而是越发慷慨激昂,将全诗的情感推向顶点。虽然壮志未酬,但对恢复中原、统一全国的信念始终强烈而执着,临终把自己的毕生心愿托付给儿子,就算在世时"不见",也希望能从家祭中听到"王师北定"的捷报,这是一份饱含热血、金石铿锵的重托,又是一份不渝的信念和期待。后人曾以《示儿》与南宋抗金名将宗泽临终不忘渡过黄河,收复北方,"连呼过河者三"相比。爱国情怀作为遗嘱见之于诗,实在足以传诵千古。

游山西村

[南宋] 陆游

莫笑农家腊酒浑，

丰年留客足鸡豚。

山重水复疑无路，

柳暗花明又一村。

箫鼓追随春社近，

衣冠简朴古风存。

从今若许闲乘月，

拄杖无时夜叩门。

....

◎ 腊酒：腊月里酿造的酒。

◎ 豚：猪。

◎ 箫鼓：代指音乐。

◎ 春社：古代把立春后第五个戊日作为春社日，拜祭土地神和五谷神，祈求丰收。

诗人陆游，除了以真挚赤诚的爱国热情留名青史外，同样也留下了许多田园闲适风格的作品。正如鲁迅先生评价陶渊明，既有静穆悠然的一面，也有金刚怒目的一面，不同的风格出现在同一位诗人的作品中，正是诗人炉火纯青的创作技巧的展现。

这是一首富有浓厚农村生活气息的诗歌。游山西村，意味着作者是客人，而不是主人，不是以司空见惯的心态来敷衍，而是时时处处带着好奇快乐的情感对待身边接触到的一切。浑浊的农家腊酒、丰富的荤素菜肴、好客的村民可以让客人宾至如归，而山重水复、柳暗花明的沿途风景，也为旅途更增添了意外的惊喜。乡间的风土人情、民俗文化传承不绝，人们的淳

扫码收听

朴品行、厚道风气也自古不变。诗人不禁发出由衷感慨，如果自己今后还有这样的闲暇时光，一定要乘着月色归来，叩响农人的柴扉，一起互道家常，享受生命的恬淡情趣。

而全诗之中，最为脍炙人口的，当然是"山重水复疑无路，柳暗花明又一村"一联。这句诗不仅是实写路上的景色，更是充满人生哲理的感悟。很多事，看似已到尽头，然而峰回路转，却又会有新的方向出现，那么即使身处绝境，也不应当心灰意冷，永远保持进取努力的姿态，终有迎来云开月出的时刻。这样积极的人生态度，想必正是陆游悄悄隐藏其中的话外之意了。

钗头风

[南宋] 陆游

红酥手，黄縢酒，满城春色宫墙柳。东风恶，欢情薄。一怀愁绪，几年离索。错、错、错。

春如旧，人空瘦，泪痕红浥鲛绡透。桃花落，闲池阁。山盟虽在，锦书难托。莫、莫、莫！

◎ 黄滕：宋代官酒以黄纸为封，故以黄滕代指美酒。

◎ 离索：离群索居。

◎ 浥：湿润。

◎ 鲛绡：神话传说中鲛人所织的绡，这里指手帕。

陆游与表妹唐婉凄美的爱情故事，流传千古。这首《钗头凤》可以说家喻户晓，正是这场悲剧的见证。两人自幼青梅竹马，长大后结为夫妻，伉俪恩爱，情投意合。然而陆游的母亲却对媳妇诸多不满，认为陆游因唐婉干扰，荒废了科举学业，加之唐婉始终没有生育，于是棒打鸳鸯，勒令夫妻俩离婚。此后，陆游娶了另一位夫人王氏，唐婉则改嫁了一名赵姓士人。多年后的某日，陆游在家乡山阴（今浙江省绍兴市）城南禹迹寺附近的沈园游玩，竟然偶遇了赵、唐夫妇。"一日夫妻百日恩"，唐婉为陆游安排了酒席款待，陆游感慨良深，借醉在墙壁上题写下这首词。

　　词的上阕写回忆，回忆未曾离别前，陆、唐二人携手同

扫码收听

游的快乐日子，回忆夫妻俩被强行拆散的悲伤无奈，归结一个"错"字，到底是夫妻俩的错，是长辈不理解的错，还是命运的阴差阳错，一切已经不再可知。下阕则是写现实，面对重逢而陌生的彼此，唯有消瘦的身影与浸透的泪痕，往事不要再提，往事已然成空，只能各自吞咽下痛苦，强颜欢笑，用无可奈何的喟叹，相互道别。

据说，唐婉后来也回和了一首，不久就因为抑郁成疾而病逝。而痴心的陆游，则在数十载的生涯中，多次写下以沈园为题的诗词，追忆缅怀这段难以忘怀的韶年时光，与那位有缘无分、魂牵梦萦的佳人。

念奴娇·长干里

〔清〕郑板桥

逶迤曲巷，在春城斜角，绿杨荫里。赭白青黄墙砌石，门映碧溪流水。细雨饧箫，斜阳牧笛，一径穿桃李。风吹花落，落花风又吹起。

更兼处处缫车，家家社燕，江介风光美。四月樱桃红满市，雪片鲥鱼刀鲐。淮水秋清，钟山暮紫，老马耕闲地。一丘一壑，吾将终老于此。

....

◎ 饧箫：卖麦芽糖的人吹的箫。

◎ 缫车：即缫车，缫丝工具。

◎ 鲥鱼：中国珍稀名贵经济鱼类，味道鲜美，古
为纳贡之物，与河豚、刀鱼齐名，称为"长江三鲜"。

郑板桥（1693—1765）

清代书画家、文学家。名燮，字克柔，号板桥，以号行，江苏兴化人。一生主要客居扬州，以卖画为生。"扬州八怪"之一。其诗、书、画均旷世独立，世称"三绝"，擅画兰、竹、石、松、菊等植物，其中画竹成就最为突出。他的诗《悍吏》《逃荒行》《孤儿行》等写出社会黑暗，同情人民疾苦，《游焦山》《野志》等自抒所见，性情率真。有《板桥全集》存世。

　　长干里，位于南京市秦淮河以南至雨花台以北，是中国古代著名的地名。历朝历代，这里都是南京人口最密集、经济最繁华的地带，也因此成为文人墨客流连忘返、为之歌咏的长久主题。

　　郑板桥是江苏兴化人，四十岁时赴南京参加科举考试，从山东罢官后回到扬州，此后又多次到南京游玩，留下了与南京相关的大量诗词。这首词是他以《念奴娇》词牌写下的十二首金陵（即南京）怀古作品之一，着重描写了长干里的清新细腻景致。

　　词的上阕，从曲折绵延的小巷，写到红白青黄相间的砖墙，再到桃李盛开点缀的小路，穿插着垂杨绿柳，清溪流水，在一片细雨朦胧中，传来笛箫的悠扬乐声，落花随风飘扬，将

扫码收听

南京城描绘得如同一位羞涩装点的少女一般可爱温婉。下阕，则绘出了一幅人间烟火气息，家家户户的缲车、燕子，红透欲滴的樱桃，如雪片般银白的新鲜鲥鱼，生活让人舒适满足。远远望去，秦淮河呈现出秋季的清澈，钟山被晚霞染成紫色，老马在耕地间悠然自得。看着这一切，诗人不禁发出感慨，这美丽的地方，让自己忍不住想在此终老一生。

这首词虽然是金陵怀古系列之一，却并没有怀古之意，而是将现实生活中的南京展现在读者眼前，让人有了贴近亲切之感。六朝古都，阅尽兴亡，大起大落的历史，其实正比不上老百姓平淡幸福的生活更有意义。毕竟，"旧时王谢堂前燕"，最后也会"飞入寻常百姓家"。

且听风吟

听五四的风，以爱之名，以梦为马，做一个旧梦

野草 · 题辞

当我沉默着的时候，我觉得充实；我将开口，同时感到空虚。

过去的生命已经死亡。我对于这死亡有大欢喜，因为我借此知道它曾经存活。死亡的生命已经朽腐。我对于这朽腐有大欢喜，因为我借此知道它还非空虚。

生命的泥委弃在地面上，不生乔木，只生野草，这是我的罪过。

野草，根本不深，花叶不美，然而吸取露，吸取水，吸取陈死人的血和肉，各各夺取它的生存。当生存时，还是将遭践踏，将遭删刈，直至于死亡而朽腐。

但我坦然，欣然。我将大笑，我将歌唱。

我自爱我的野草，但我憎恶这以野草作装饰的地面。

鲁迅

地火在地下运行，奔突；熔岩一旦喷出，将烧尽一切野草，以及乔木，于是并且无可朽腐。

但我坦然，欣然。我将大笑，我将歌唱。

天地有如此静穆，我不能大笑而且歌唱。天地即不如此静穆，我或者也将不能。我以这一丛野草，在明与暗，生与死，过去与未来之际，献于友与仇，人与兽，爱者与不爱者之前作证。

为我自己，为友与仇，人与兽，爱者与不爱者，我希望这野草的朽腐，火速到来。要不然，我先就未曾生存，这实在比死亡与朽腐更其不幸。

去罢，野草，连着我的题辞！

1927 年 4 月 26 日

鲁迅记于广州之白云楼上

鲁迅（1881—1936）

浙江绍兴人，现代文学家、思想家，五四新文化运动的重要参与者，中国现代文学的奠基人。原名周树人，字豫才，"鲁迅"是他 1918 年发表《狂人日记》时所用的笔名。鲁迅一生在文学创作、文学批评、思想研究、文学史研究、翻译、美术理论引进、基础科学介绍和古籍校勘与研究等多个领域具有重大贡献。鲁迅一生著作极为丰富，代表作品有《呐喊》《彷徨》《朝花夕拾》《野草》《华盖集》《中国小说史略》等。

"伟大的作家同时也是伟大的哲学家。"——加缪

鲁迅曾经说过，《野草》包含了他的全部哲学。而《题辞》作为《野草》全部作品完成后准备出版时写的一篇序言，可以视为对整部《野草》矛盾思想和绝望心绪的高度凝缩。整篇作品充满了一组组矛盾对立的概念：沉默与开口、充实与空虚、生长与腐朽、明与暗、生与死、过去与未来……这是作者内心冲突的外化，在不可调和的矛盾中寻求调和的挣扎与努力。

写作《野草》时期的鲁迅，是他一生中相当痛苦的时期，"五四"运动的高潮已经退去，新文化运动的干将各奔东西，社

扫码收听

会的政治环境又日趋恶劣，鲁迅就仿若他自己笔下那"走进无物之阵"的战士，孤独、绝望但却还要不断地反抗内心的绝望，固执地战斗直至死亡。因此鲁迅礼赞野草，礼赞野草的生命力，但鲁迅内心更有一种带着强烈牺牲精神的决绝，他呼唤"地火"与"熔岩"，他不惜以毁灭一切连同毁灭自我的方式，向那"以野草作装饰的地面"作快意的复仇，他要以"无可朽腐"的永恒来获得生存的实感，感受死亡的大欢喜，正如他在《影的告别》中所说的那样："只有我被黑暗沉没，那世界全属于我自己。"

送别

李叔同

长亭外，古道边，
芳草碧连天。
晚风拂柳笛声残，
夕阳山外山。

天之涯，地之角，
知交半零落。
一壶浊酒尽余欢，
今宵别梦寒。

长亭外，古道边，
芳草碧连天。
问君此去几时来，
来时莫徘徊。

天之涯，地之角，
知交半零落。
人生难得是欢聚，
惟有别离多。

李叔同（1880—1942）

原籍浙江平湖，生于天津，出家后法名释演音，号弘一，世称"弘一法师"。中国近代教育家、书法家、画家。他在书、画、诗词、篆刻、音乐、戏剧诸方面均有成就，是最早把油画和钢琴音乐介绍到中国的人之一。音乐作品收入《清凉歌》《李叔同歌曲集》。他是早期话剧奠基人之一，曾和曾孝谷等共创话剧团体春柳社。1918 年在杭州虎跑寺出家，皈依佛门。创设南山律学院，弘扬南山戒律。提出"念佛不忘救国，救国不忘念佛"的主张。李叔同对佛学律宗贡献很大，被佛门称为重兴南山律宗第十一代祖师。著作有《四分律比五戒相表记》《南山道祖略谱》《在家律要》等。

　　这首歌词的体裁很像宋词的小令，长短句结构，篇幅短小但却优雅精致，意味无穷。以曲写词的手法，让全诗带有很强的节奏感。《送别》的意境与中国古典诗词是一脉相承的，体现了一种含蓄典雅的风格，哀而不伤。在离别的当下，作者没有刻意地表现送别时的伤感，而是用极典型的中国古典意象描绘出了送别时的情和景。"长亭""古道""芳草""杨柳""笛声""夕阳"等意象，常见于传统送别诗词中。"长亭"见证了

扫码收听

《西厢记》崔莺莺送别张生，那段催人泪下凄楚哀怨的"碧云天，黄花地，西风紧，北雁南飞。晓来谁染霜林醉，总是离人泪"。"古道"有如马致远《天净沙·秋思》中的"古道西风瘦马，夕阳西下，断肠人在天涯"，描绘了一幅坎坷彷徨的旅途景象。"天涯何处无芳草"中的"芳草"，意味着人的情丝绵绵。"柳"字暗合"留"意，《诗经·采薇》中"昔我往矣，杨柳依依"借垂绦杨柳的姿态写征夫离家的依恋，从此开启了送别诗折柳的习俗。李白《春夜洛城闻笛》"谁家玉笛暗飞声，散入春风满洛城。此夜曲中闻折柳，何人不起故园情？"更是将笛声与折柳送别的情景水乳交融。在这一系列景物营造凄清和缠绵不尽的氛围下，全诗再进入惜别情感的直接抒发，表达天各一方、各自飘零的伤感。共饮"浊酒"既点出了双方生活的拮据、贫寒，又流露出一种情重无奈的苦涩心理。"今宵别梦寒"更使人心情阴冷凄惨达到极点，是将时空无限延续，意味着今后将长期忍受离别思念之苦，确如一杯苦酒点点滴滴，沁人愁肠。

193

偶然

徐志摩

我是天空里的一片云，

偶尔投影在你的波心——

你不必讶异，

更无须欢喜——

在转瞬间消灭了踪影。

你我相逢在黑夜的海上，

你有你的，我有我的，方向；

你记得也好，

最好你忘掉，

在这交会时互放的光亮！

徐志摩（1897—1931）

原名徐章塘，浙江海宁人，现代诗人、散文家。新月派代表诗人，倡导新诗格律，对中国新诗的发展做出了重要的贡献。徐志摩的诗大都是抒情诗，他善于用细腻的笔触表现丰富复杂的情感。他还努力于创造一种建筑在现代汉语基础上的新的诗歌语言，他的诗，如《残诗》《偶然》《再别康桥》，语言自然、纯熟，既是地道的口语，又经过艺术的提炼，独具清莹流丽的情致。他的散文成就可与诗歌比美，由于较少形式上的束缚，更易表现他奔放不羁的情感，其中《自剖》《想飞》《我所知道的康桥》《翡冷翠山居闲话》都是久经传诵的名篇。

林徽因之子梁从诫曾在《倏忽人间四月天——回忆我的母亲林徽因》一文中写道："母亲告诉过我们，徐志摩那首著名的小诗《偶然》是写给她的。"然而，即便如此，这首小诗最打动我们的地方，却是它用单纯的意境所传达出的那种复杂却又共通的生命体验——偶然邂逅的美好与永恒别离的感伤。

"我是天空里的一片云，偶尔投影在你的波心——"云与水的刹那交会，我的身影不经意地荡漾在你的波心，素不相识的我们，在那一刻心灵竟然奇迹般地契合，这是多么难能可

扫码收听

贵的际遇，美得很空灵。然而就当我们为之心动、为之无措的时候，诗人却用极其理性克制甚至有些决绝的诗句告诉我们，"你不必讶异，更无须欢喜"，因为这一切都会"在转瞬间消灭了踪影"。冷静源于对生命真相的洞透，但故作达观的背后却依然难掩深深的失落与苦涩的无奈。

诗的下半段更是如此，你与我，正如茫茫大海上的两只小舟，本就不由自主，更何况是在黑夜的海上，前程未卜、凶险莫测，我们各有各的方向，谁也不可能为谁而停留，所以"你记得也好，最好你忘掉，在这交会时互放的光亮！"如果不能永远地彼此点亮，那又何必执着于这曾经的光亮，而永怀怅惘？然而，我们一生一世，又有什么美好不是刹那，不是偶然，那一个个"交会时互放的光亮"，纵使悲伤，也是享受，慢慢凝结成了内心的永恒。

起造一座墙

徐志摩

你我千万不可亵渎那一个字，
别忘了在上帝跟前起的誓。
我不仅要你最柔软的柔情，
蕉衣似的永远裹着我的心；
我要你的爱有纯钢似的强，
在这流动的生里起造一座墙；

任凭秋风吹尽满园的黄叶，

任凭白蚁蛀烂千年的画壁；

就使有一天霹雳震翻了宇宙，——

也震不翻你我"爱墙"内的自由！

胡适在《追悼志摩》一文中曾对徐志摩有过一段特别恰切的评价："他的人生观真是一种'单纯信仰'，这里面只有三个大字：一个是爱，一个是自由，一个是美。"而这首创作于1925年的诗篇，正体现了诗人内心对于爱与自由的坚定守护。

　　在创作这首诗时，徐志摩与陆小曼正处于热恋期，而当时的陆小曼还是有夫之妇，即使在新文化运动鼓励恋爱自由的背景下，两人的爱情还是承受着巨大的舆论压力，但诗人却用热烈的诗句对所有的非议做出了坚定的回答——爱与自由不容撼动。

扫码收听

　　在诗人笔下，"爱"是无比神圣的字眼，诗人一开篇即告诫自己的爱人，"你我千万不可亵渎那一个字，别忘了在上帝跟前起的誓"。并且诗人对于爱人的忠贞与坚定，有着强烈到近乎执念的渴求，他要求自己的爱人不仅要有"最柔软的柔情"，像芭蕉叶裹芭蕉干一样永远裹着他的心，更要爱人的爱似"纯钢"，为他们的爱情起造一座坚不可摧的墙，不论现实环境多么恶劣，是能够吹尽满园黄叶的秋风也罢，是能够蛀烂千年画壁的白蚁也罢，"就使有一天霹雳震翻了宇宙"，诗人也要捍卫他们"'爱墙'内的自由"！

再别康桥

徐志摩

轻轻的我走了，

正如我轻轻的来；

我轻轻的招手，

作别西天的云彩。

那河畔的金柳，

是夕阳中的新娘；

波光里的艳影，

在我的心头荡漾。

软泥上的青荇，

油油的在水底招摇；

在康河的柔波里，

我甘心做一条水草！

那榆荫下的一潭，

不是清泉，是天上虹；

揉碎在浮藻间，

沉淀着彩虹似的梦。

寻梦？撑一支长篙，

向青草更青处漫溯；

满载一船星辉，

在星辉斑斓里放歌。

但我不能放歌，

悄悄是别离的笙箫；

夏虫也为我沉默，

沉默是今晚的康桥！

悄悄的我走了，

正如我悄悄的来；

我挥一挥衣袖，

不带走一片云彩。

《再别康桥》是徐志摩的代表作之一，始载于1928年《新月》期刊，康桥即剑桥。徐志摩曾于1921年就读于剑桥大学，1922年学成归国。短短两年的求学经历，康桥重塑了作者的心灵和价值观。1928年徐志摩故地重游，将他对剑桥的情和对感情的殇，融入了康桥如画的美景中，造就了这首传世之诗。

　　全诗像是作者刻意经营的一幅诗意画卷，随文字缓缓展开：河畔夕阳中柳条被镀上了一层富丽而又妩媚的金色，在微风里轻轻摇摆，婀娜多姿的影子倒映水中，仿佛一位艳美绝伦的新嫁娘，这新娘的艳影，在水中荡漾，也在诗人心中荡漾。水底的青荇柔情万种，连做一条水草都是如此幸福。柳荫下波光潋滟的清泉，沉淀着诗人像彩虹一样绚丽迷人的梦。于是，

扫码收听

　　诗人乘着满载星辉的一叶小舟，向着青草萋萋的小河深处，欢歌逐梦。几声浸透着淡淡哀愁的笙箫，沉默的夏虫、沉默的康桥，弥漫起了离别的惆怅。分别时刻终将来临，诗人默默挥别故地，不带走一片有形的东西，消匿于无痕。康桥又变回了一个凄美的梦境，永恒存在于诗人的心中。

　　诗中的康桥没有真实、具体、完整的图景，而只有感觉和想象化了的意象。全诗通过意象来暗示和表现情感，还借助音乐节奏来加强和推动它，诗行长短参差错落、舒缓有致的声调，而诗的开头和结尾采用重叠、复沓，加强了诗的节奏感和旋律美，增强了诗的音乐性。

奇迹

闻一多

我要的本不是火齐的红，或半夜里
桃花潭水的黑，也不是琵琶的幽怨，
蔷薇的香，我不曾真心爱过文豹的矜严，
我要的婉娈也不是任何白鸽所有的。
我要的本不是这些，而是这些的结晶，
比这一切更神奇得万倍的一个奇迹！

可是，这灵魂是真饿得慌，我又不能
让他缺着供养，那么，既便是糟糠，
你也得募化不是？天知道，我不是
甘心如此，我并非倔强，亦不是愚蠢，
我是等你不及，等不及奇迹的来临！

我不敢让灵魂缺着供养，谁不知道
一树蝉鸣，一壶浊酒，算得了什么，

纵提到烟峦，曙窭，或更璀璨的星空，
也只是平凡，最无所谓的平凡，犯得着
惊喜得没主意，喊着最动人的名儿，
恨不得黄金铸字，给装在一支歌里？
我也说但为一阕莺歌便噙不住眼泪
那未免太支离，太玄了，简直不值当。
谁晓得，我可不能那样：这心是真饿得慌，
我不能不节省点，把藜藿
权当作膏粱。

可也不妨明说只要你——
只要奇迹露一面，我马上就抛弃平凡
我再不瞅着一张霜叶梦想春花的艳
再不浪费这灵魂的膂力，剥开顽石
来诛求白玉的温润，给我一个奇迹，

我也不再去鞭挞着"丑"，逼他要
那分背面的意义；实在我早厌恶了
这些勾当，这附会也委实是太费解了。

我只要一个明白的字，舍利子似的闪着
宝光，我要的是整个的，正面的美。

我并非倔强，亦不是愚蠢，我不会看见
团扇，悟不起扇后那天仙似的人面。
那么
我便等着，不管等到多少轮回以后——
既然当初许下心愿，也不知道是在多少
轮回以前——我等，我不抱怨，只静候着
一个奇迹的来临。总不能没有那一天
让雷来劈我，火山来烧，全地狱翻起来

扑我，……害怕吗？你放心，反正罡风
吹不熄灵魂的灯，愿这蜕壳化成灰烬，
不碍事，因为那，那便是我的一刹那
一刹那的永恒——一阵异香，最神秘的
肃静，（日，月，一切星球的旋动早被
喝住，时间也止步了）最浑圆的和平……
我听见阊阖的户枢轰然一响，
传来一片衣裙的窸窣——那便是奇迹——
半启的金扉中，一个戴着圆光的你！

闻一多（1899—1946）

本名闻家骅，字友三，生于湖北黄冈，新月派代表诗人和学者。闻一多的一生是诗人、学者和战士高度结合的一生。他的诗作既是现代中国爱国诗的高峰，又是现代中国格律诗的高峰。代表作有诗集《红烛》《死水》等，风格绚丽而雄奇。他的学术研究，体系博大，勇于突破，善于建构，得到学术界的高度评价，代表作有《神话与诗》《唐诗杂论》《楚辞校补》等。1944 年，闻一多加入中国民主同盟，1946 年被国民党特务杀害。毛泽东高度评价："闻一多拍案而起，横眉怒对国民党的手枪，宁可倒下去，不愿屈服……表现了我们民族的英雄气概。"

　　闻一多这首被徐志摩称为"三年不鸣，一鸣惊人"的佳作——《奇迹》，创作于 1930 年 12 月，1931 年 1 月发表于徐志摩主编的《诗刊》创刊号上。1928 年 1 月《死水》出版以后，闻一多只先后发表过几首短诗，而主要埋首故纸堆，潜心于古典文学研究。而作为闻一多浪漫主义诗歌创作艺术的公认的高峰之作，这首《奇迹》甫一问世，就在当时的新诗界引起了不小的轰动。该诗将中国古典诗歌的意象恰到好处地运用于新诗之中，在中国传统与西方诗艺的融合方面做出了重要贡

扫码收听

献，诗人在自觉的格律探索中，将自由与格律完美整合，努力为中国白话新诗寻找出一种可以像十四行诗一般，讲究押韵但又不会一成不变的全新体式。

由于全诗广泛采用了象征主义的手法，研究者们历来对这首诗的题旨各有所味，众说纷纭。直到二十世纪六十年代末，梁实秋在一篇回忆性文章中写道："一多在这个时候在感情上吹起了一点涟漪，情形并不太严重，因为在情感刚刚生出一个蓓蕾的时候就把它掐死了，但是在内心里当然是有一番折腾，写出诗来仍然是那样的回肠荡气。"随后，闻一多的长孙闻黎明，更公开指出"奇迹就是指他（指闻一多）和方令孺之间的感情"，其后学界才普遍将这首诗认定为爱情诗，是闻一多先生内心的那"一点涟漪"所激起的对爱与美的炽热的赞歌。

印象

是飘落深谷去的
幽微的铃声吧，
是航到烟水去的
小小的渔船吧，
如果是青色的真珠；
它已堕到古井的暗水里。

林梢闪着的颓唐的残阳，
它轻轻地敛去了
跟着脸上浅浅的微笑。

从一个寂寞的地方起来的，
迢遥的，寂寞的呜咽，
又徐徐回到寂寞的地方，寂寞地。

戴望舒（1905—1950）

中国现代派象征主义诗人、翻译家。浙江杭县（今杭州）人。1927 年发表成名作《雨巷》，作品以流畅的节奏、浮动而朦胧的色彩，表现了大革命失败后青年知识分子压抑、迷惘的复杂情感。由此获得"雨巷诗人"的称号。先后出版诗集《我底记忆》（1929）、《望舒草》（1933）、《望舒诗稿》（1937）、《灾难的岁月》（1948），共存诗九十余首。戴望舒早期的创作深受晚唐诗歌和法国浪漫派影响，后转向借鉴法国象征派诗歌艺术，并使中国早已出现的象征派诗歌由神秘难懂走向为人所理解和欣赏。

作为现代派诗歌的领军人物，戴望舒善于借助意象、隐喻、通感、象征等手法来间接地传达情绪和感受，因而他的诗歌往往呈现出含蓄、朦胧的诗性品格。正如这首《印象》所呈现给我们的：全诗意象并立组合，既有诉诸听觉的"幽微的铃声"，又有诉诸视觉的"小小的渔船""青色的真珠""颓唐的残阳""浅浅的微笑"，看似随意性很大，彼此隔离，但却有着内在的一致性，它们或是飘落于深谷，或是消逝于烟水，或是坠入古井暗水，或是一闪而过……它们都是美好的，但却又都

扫码收听

是微弱而易逝的。每一组意象背后，我们都仿佛能够听到生命"寂寞的呜咽"，"迢遥的"从寂寞中来，又回到寂寞中去。诗人就这样通过这些极具情绪张力的意象，去传达内心面对消逝的无力与怅惘，无法摆脱的无边的寂寞，与幽微而复杂的内心世界。同时，在意象的运用中，人与自然、主体与客体浑然交融，情绪既有流动感又极具克制性，呈现出了中国传统诗歌哀而不伤、和谐统一的"古典美"，也是戴望舒诗歌的又一鲜明特征。

雨巷

戴望舒

撑着油纸伞，独自
彷徨在悠长，悠长
又寂寥的雨巷，
我希望逢着
一个丁香一样地
结着愁怨的姑娘。

她是有
丁香一样的颜色，
丁香一样的芬芳，
丁香一样的忧愁，
在雨中哀怨，
哀怨又彷徨；

她彷徨在这寂寥的雨巷，

撑着油纸伞

像我一样，

像我一样地

默默彳亍着，

冷漠，凄清，又惆怅。

她静默地走近

走近，又投出

太息一般的眼光，

她飘过

像梦一般地，

像梦一般地凄婉迷茫。

像梦中飘过

一枝丁香地，

我身旁飘过这女郎；

她静默地远了，远了，

到了颓圮的篱墙，

走尽这雨巷。

在雨的哀曲里，

消了她的颜色，

散了她的芬芳

消散了，甚至她的

太息般的眼光，

丁香般的惆怅。

撑着油纸伞，独自
彷徨在悠长，悠长
又寂寥的雨巷，
我希望飘过
一个丁香一样地
结着愁怨的姑娘。

《雨巷》是戴望舒的代表作，作于1927年的夏天，一经发表便一炮而红，震惊了当时的整个文坛，作者本人也获得了"雨巷诗人"的美誉。文学大家叶圣陶先生曾这样评价："戴望舒的《雨巷》替新诗的音节开了一个新的纪元。"朱自清先生也夸赞说"戴望舒注重整齐的音节，但不是铿锵而是轻清的"。

　　诗人用"雨巷"的意象暗示了自己内心的孤独、寂寞与痛苦。"巷"在江南常见，本身就给人一种悠长、阴冷、潮湿的感觉，再与"雨"一起出现就更显其寂寥、冷清。有如陆游的"小楼一夜听春雨，深巷明朝卖杏花"的湿润、静谧，又如李商隐的"秋阴不散霜飞晚，留得枯荷听雨声"的隐忧难渲。"雨"的凄、"巷"的幽为全诗营造出朦胧而凄美的意境。"油纸伞"是一个复古、怀旧的意象，是烟雨江南的元素之一。在江南狭

扫码收听

窄、阴暗、悠长的小巷中，独自一人撑着伞，任凭细雨飘散，这就为人们营造出一种凄清、冷漠的氛围。整首诗的核心意象"丁香"，因为清新淡雅、纤小文弱，所以自古被赋予美丽、高洁、愁怨、易逝的象征意义，例如李商隐的"芭蕉不展丁香结，同向春风各自愁"，李璟的"青鸟不传云外信，丁香空结雨中愁"。用丁香来形容姑娘不仅显得淡雅美丽，而且还略带忧郁凄婉。姑娘虽然美丽，但仅仅是一面之缘，转瞬即逝，具有一种愁怨的凄美感。

这首诗写得既实又虚，朦胧恍惚。"我"似乎有着满腹的心事，无限的烦恼，但又不愿明说，"我"似乎在期待着什么、追求着什么，这给诗人带来了希望和期待的同时，又给诗人留下了孤独与等待，为全诗营造了一种朦胧而又幽深的意境美。

地球，我的母亲

郭沫若

地球，我的母亲！

天已黎明了，

你把你怀中的儿来摇醒，

我现在正在你背上匍行。

地球，我的母亲！

我背负着我在这乐园中逍遥。

你还在那海洋里面，

奏出些音乐来，安慰我的灵魂。

地球，我的母亲！

我过去，现在，未来，

食的是你，衣的是你，住的是你，

我要怎么样才能够报答你的深恩？

地球，我的母亲！
从今后我不愿常在家中居处，
我要常在这开旷的空气里面，
对于你，表示我的孝心。

地球，我的母亲！
我羡慕的是你的孝子，那田地里的农人，
他们是全人类的保母，
你是时常地爱顾他们。

地球，我的母亲！
我羡慕的是你的宠子，那炭坑里的工人，
他们是全人类的普罗米修斯，
你是时常地怀抱着他们。

地球，我的母亲！
我想除了农工而外，
一切的人都是不肖的儿孙，
我也是你不肖的子孙。

地球，我的母亲！
我羡慕那一切的草木，我的同胞，你的儿孙，
他们自由地，自主地，随分地，健康地，
享受着他们的赋生。

地球，我的母亲！
我羡慕那一切的动物，尤其是蚯蚓——
我只不羡慕那空中的飞鸟：
他们离了你要在空中飞行。

地球，我的母亲！
我不愿在空中飞行，
我也不愿坐车，乘马，着袜，穿鞋，
我只愿赤裸着我的双脚，永远和你相亲。

地球，我的母亲！
你是我实有性的证人，
我不相信你只是个梦幻泡影，
我不相信我只是个妄执无明。

地球，我的母亲！
我们都是空桑中生出的伊尹，
我不相信那缥缈的天上，
还有位什么父亲。

地球，我的母亲！

我想宇宙中的一切的现象，都是你的化身：

雷霆是你呼吸的声威，

雪雨是你血液的飞腾。

地球，我的母亲！

我想那缥缈的天球，只不过是你化妆的明镜，

那昼间的太阳，夜间的太阴，

只不过是那明镜中的你自己的虚影。

地球，我的母亲！

我想那天空中一切的星球，

只不过是我们生物的眼球的虚影；

我只相信你是实有性的证明。

地球，我的母亲！
已往的我，只是个知识未开的婴孩，
我只知道贪受着你的深恩，
我不知道你的深恩，不知道报答你的深恩。

地球，我的母亲！
从今后我知道你的深恩，
我饮一杯水，
我知道那是你的乳，我的生命羹。

地球，我的母亲！
我听着一切的声音言笑，
我知道那是你的歌，
特为安慰我的灵魂。

地球，我的母亲！
我眼前一切的浮游生动，
我知道那是你的舞，
特为安慰我的灵魂。

地球，我的母亲！
我感觉着一切的芬芳彩色，
我知道那是你给我的赠品，
特为安慰我的灵魂。

地球，我的母亲！
我的灵魂便是你的灵魂，
我要强健我的灵魂，
来报答你的深恩。

地球，我的母亲！
从今后我要报答你的深恩，
我知道你爱我你还要劳我，
我要学着你劳动，永久不停！

地球，我的母亲！
从今后我要报答你的深恩，
我要把自己的血液，
来养我自己，养我兄弟姐妹们。

地球，我的母亲！
那天上的太阳——你镜中的影，
正在天空中大放光明，
从今后我也要把我内在的光明来照照四表纵横。

郭沫若（1892—1978）

原名郭开贞，四川乐山人，现代诗人、剧作家、历史学家、考古学家、古文字学家、社会活动家。1949年当选为中华全国文学艺术界联合会主席。郭沫若在新诗、历史剧、散文、小说等方面的著作十分丰富。尤以新诗和历史剧的创作，对中国新文学的发展做出了创造性的重大贡献。郭沫若的第一部诗集《女神》，不仅确定了他作为杰出的浪漫主义诗人的形象，而且成为中国新诗走向成熟的纪念碑式的作品。郭沫若写于抗战时期的历史剧《棠棣之花》《屈原》《虎符》《南冠草》等，在历史剧领域开辟了一条崭新的道路。

钱理群曾说："郭沫若是使新诗的翅膀飞腾起来的第一人。"

作为郭沫若诗集《女神》中的代表作，这首《地球，我的母亲》以天马行空的想象、热烈奔放的情感和极端自由的形式，表达了抒情主人公"我"作为"地之子"对"地球母亲"炽热而强烈的情感，激荡着"五四"狂飙突进的时代精神。

诗人在日本留学期间，广泛阅读了西方文学作品，并接受了"泛神论"的思想，在这一思想的影响下，郭沫若笔下大自然的一切都有了性灵，地球成了有生命的母体，草木成了"我"

扫码收听

的同胞、地球的儿孙，雷霆雪雨、天上的星球、芬芳色彩……一切的一切围绕地球这一母体构成了一个和谐统一的因果，让整首诗尽管充满了奇崛的想象，但意象却并不显得跳跃芜杂。

并且，在对地球与"我"关系的歌咏中，诗人完成了对旧我的否定，表达了对于新生的欣悦和对理想的歌颂。诗人热烈地赞美着地球母亲的孝子和宠子——在大地上流血流汗的农人和劳工，而将过去的自我称为"不肖子孙"，强烈地表达了要告别过往，要用自己内在的光明，照亮四表纵横，报答地球母亲深恩的理想与追求。

雨后

陈敬容

雨后的黄昏的天空
静穆如祈祷女肩上的披巾
树叶的碧意是一个流动的海
烦热的躯体在那儿沐浴

我们避雨到槐树底下
坐着看雨后的云霞
看黄昏退落，看黑夜行进
看林梢闪出第一颗星星

有什么在时间里沉睡

带着假想的悲哀?

从岁月里常常有什么飞去

又有什么悄悄地飞来?

我们手握着手、心靠着心

溪水默默地向我们倾听

当一只青蛙在草丛间跳跃

我仿佛看见大地在眨着眼睛

——1946

陈敬容（1917—1989）

女，原名陈懿范，原籍四川乐山。1932年春读初中时开始学习写诗。中学时期开始学习英文，补习法语和俄语，并自修中外文学。抗战爆发前后曾任中小学教师及书局编辑。1946年到上海专事文学创作和翻译。两年后与诗友辛笛、杭约赫等共同创办了《中国新诗》月刊。中国新诗流派"九叶派"代表诗人之一，该流派诗歌风格既接受西方现代派诗歌的影响，又关注中国的社会现实，诗歌作品有力地表现了动荡的社会现实和在这种现实之中诗人内心的复杂感受。创作有诗集《盈盈集》《交响集》等。主要译著有《安徒生童话选》《太阳的宝库》《巴黎圣母院》等。

"空山新雨后，天气晚来秋。"王维的雨后，是清幽空灵的。

"晓看红湿处，花重锦官城。"杜甫的雨后，是欣悦喜人的。

"我看见每粒水滴中，都有无数游动的虹，都有一个精美的蓝空，都有我和世界。"顾城的雨后，是灵动透明的。

而陈敬容的雨后却是静穆的，是引人遐思的，是独具性灵的。

"雨后的黄昏的天空，静穆如祈祷女肩上的披巾。"诗歌

扫码收听

一开篇，便将我们引入了一个充满宗教感的、庄严而神圣的意境。"树叶的碧意"安置了烦热的躯体，于是思想与灵魂可以自由而忘我地游走，然而诗人却无意铺陈雨后的景致，而是沉浸在时序的变迁里，"看雨后的云霞，看黄昏退落，看黑夜行进，看林梢闪出第一颗星星"，从而自然地引出了诗歌第三节对时间与岁月的追问："有什么在时间里沉睡，带着假想的悲哀？从岁月里常常有什么飞去，又有什么悄悄地飞来？"生命从何而来，又将归入何处？那些从岁月里逝去的，是否又会以另一种形式回到我们身旁？……这些终极之问永远没有答案，正如人类对生命的追问永远没有尽头一样。"我们手握着手、心靠着心"，我们感受着时间的流逝，感受着面对生命未知时的惶惑与渺小，我们与溪水彼此倾听，静穆里似乎还流淌着哀伤。而诗歌的最后两句，诗意突然活泼跳跃了起来，青蛙跳跃、大地眨眼，在充满活力的生机中，我们仿佛看到了诗人的生命性灵也在闪烁，在重新高昂。

冥想

穆旦

把生命的突泉捧在我手里
我只觉得它来得新鲜
是浓烈的酒，清新的泡沫
注入我的奔波、劳作、冒险
仿佛前人从未经临的园地
就要展现在我的面前

但如今，突然面对着坟墓

我冷眼向过去稍稍回顾

只见它曲折灌溉的悲喜

都消失在一片亘古的荒漠

这才知道我的全部努力

不过完成了普通的生活

穆旦（1918—1977）

原名查良铮，曾用笔名梁真，现代主义诗人、翻译家。其创作将西欧现代主义和中国诗歌传统结合起来，诗风富于象征寓意和心灵思辨，是"九叶诗派"的代表性诗人。作品有《穆旦诗文集》，译有《普希金抒情诗集》《唐璜》《英国现代诗选》等。

　　穆旦少年成名，晚年在"文革"中遭受迫害，"文革"结束后恢复创作热情，却因疾病骤然离世。这首诗创作于诗人去世前夕，正是对自己一生的总结。在诗人看来，生命如同奔腾的泉水，青春发源，充满向前的激情、冒险的精神，满怀着享受人生的无穷喜悦，当泉水奔流到终点，流经的路途已成往事，消失在漫漫时光之中，在开端无论抱以何等热切的期盼，也终将化为一片平凡。可以想象，当诗人写下"这才知道我的

扫码收听

全部努力 / 不过完成了普通的生活"一句时，心中或许是饱经沧桑后风平浪静的淡然，也或许隐藏着不为人知的失落怅惘。

正如当代网络上广为流传的一句话——"小时候，总有这样那样的伟大理想；长大后才发现，我们竭尽全力，不过为了成为一个普通人"。然而，普通人又有什么不好呢？伟人名人那种宏大的命运，就一定幸福吗？平平凡凡的生活，属于自己的人间烟火，同样是写就一段喜怒哀乐，唱响一首动听的《凡人歌》。

团泊洼的秋天

郭小川

秋风像一把柔韧的梳子，梳理着静静的团泊洼；
秋光如同发亮的汗珠，飘飘扬扬地在平滩上挥洒。

高粱好似一队队的"红领巾"，悄悄地把周围的道路观察；
向日葵低头微笑着，望不尽太阳起处的红色天涯。

矮小而年高的垂柳，用苍绿的叶子抚摸着快熟的庄稼；
密集的芦苇，细心地护卫着脚下偷偷开放的野花。

蝉声消退了，多嘴的麻雀已不在房顶上吱喳；
蛙声停息了，野性的独流减河也不再喧哗。

大雁即将南去，水上默默浮动着白净的野鸭；
秋凉刚刚在这里落脚，酷暑还藏在好客的人家。

秋天的团泊洼啊，好像在香甜的梦中睡傻；
团泊洼的秋天啊，犹如少女一般羞羞答答。

团泊洼，团泊洼，你真是这样静静的吗？
全世界都在喧腾，哪里没有雷霆怒吼，风云变化！

是的，团泊洼的呼喊之声，也和别处一样洪大；
请听听人们的胸口吧，其中也和闹市一样嘈杂。

这里没有第三次世界大战，但人人都在枪炮齐发；
谁的心灵深处——没有奔腾咆哮的千军万马！

这里没有刀光剑影的火阵，但日夜都在攻打厮杀；
谁的大小动脉里——没有炽热的鲜血流响哗哗！

至于战士的深情，你小小的团泊洼怎能包容得下！
不能用声音，只能用没有声音的"声音"加以表达：

战士自有战士的性格：不怕污蔑，不怕恫吓；
一切无情的打击，只会使人腰杆挺直，青春焕发。

战士自有战士的抱负：永远改造，从零出发；
一切可耻的衰退，只能使人视若仇敌，踏成泥沙。

战士自有战士的胆识：不信流言，不受欺诈；
一切无稽的罪名，只会使人神志清醒，头脑发达。

战士自有战士的爱情：忠贞不渝，新美如画；
一切额外的贪欲，只能使人感到厌烦，感到肉麻。

战士的歌声，可以休止一时，却永远不会沙哑；
战士的双眼，可以关闭一时，却永远不会昏瞎。

请听听吧，这就是战士从心中掏出的一句句话。
团泊洼，团泊洼，你真是那样静静的吗？

是的，团泊洼是静静的，但时时都会轰轰爆炸！
不，团泊洼是喧腾的，在这首诗篇里就充满着嘈杂。

不管怎样，且把这矛盾重重的诗篇埋在坝下，
它也许不符合你秋天的季节，但到明春准会生根发芽。……

郭小川（1919—1976）

河北丰宁人。1937 年参加革命，后长期在新闻、宣传、文艺部门工作，并坚持诗歌创作。先后发表《投入火热的斗争》《致青年公民》《深深的山谷》《将军三部曲》《白雪的赞歌》《望星空》《甘蔗林——青纱帐》《团泊洼的秋天》等诗作。郭小川作为一位著名的"战士诗人"，他的诗歌始终与时代共脉搏，从中可以"看到时代前进的脚步，听到时代前进的声音"。他曾采用阶梯式、民歌体、自由诗、新辞赋体等多种诗体形式进行创作，尤其是在学习我国民歌和古代诗歌、词赋的表现手法，倡导与实践新格律体诗歌创作方面，做出了很大的贡献。

1975 年，郭小川在团泊洼（原中央文化部五七干校所在地）隔离审查期间，听到毛主席关于电影《创业》的令人振奋的批示之后，写下了这首《团泊洼的秋天》。

作为郭小川战斗性最强的政治抒情诗之一，该诗 1976 年 11 月在《诗刊》杂志甫一发表就以其慷慨激昂的乐观情绪和明确的"战士意识"，满足了当时人们借助文学作品倾诉苦难、弘扬正气的情感需求，从而受到了广泛关注，成为轰动一时、争相传唱的作品。正如当年冒着巨大风险保留了郭小川《团泊洼

扫码收听

的秋天》手稿的刘小珊女士所说："诗中的内容……是一个关心国运的诗人以诗歌的形式说出了大家想说的话。"因而，《团泊洼的秋天》之所以能成为当代诗坛的经典，与其对社会心理的暗合是密不可分的。

而抛开时代的背景，我们今天再次重读这篇作品，尽管诗篇局限于时代不无空泛的地方，但我们依然能够被诗人笔下团泊洼秋景那宁静和谐的诗意所吸引，依然能够被诗人流淌在字里行间那奔放热情的情绪所感染，依然能够感受到诗人精神内质中最宝贵的东西——真诚，那是诗人在那个特殊年代的呐喊与呼唤、抗争与信念，是诗人的自我剖白，更是诗人以诗歌形式完成的精神突围。

祝酒歌

郭小川

三伏天下雨哟，
雷对雷，
朱仙镇交战哟，
锤对锤；
今儿晚上哟，
咱们杯对杯！

舒心的酒，
千杯不醉；
知心的话，
万言不赘；
今儿晚上啊，
咱这是瑞雪丰年祝捷的会！

酗酒作乐的
是浪荡鬼；
醉酒哭天的
是窝囊废；
饮酒赞前程的
是咱们社会主义新人这一辈！

财主醉了，
因为心黑；
衙役醉了，
因为受贿；
咱们就是醉了，
也只因为生活的酒太浓太美！

山中的老虎呀，

美在背；

树上的百灵呀，

美在嘴；

咱们林区的工人啊，

美在内。

斟满酒，

高举杯！

一杯酒，

开心扉；

豪情，美酒，

自古长相随。

祖国是一座花园，

北方就是园中的腊梅；

小兴安岭是一朵花，

森林就是花中的蕊。

花香呀，

沁满咱们的肺。

祖国情呀，

春风一般往这儿吹；

同志爱呀，

河流一般往这儿汇。

党是太阳，

咱是向日葵。

广厦亿万间，
等这儿的木材做门楣；
铁路千百条，
等这儿的枕木铺钢轨。
国家的任务是大旗，
咱是旗下的突击队。

骏马哟，
不用鞭催；
好鼓哟，
不用重锤；
咱们林区工人哟，
知道怎样答对！

且饮酒，
莫停杯！
三杯酒，

三杯欢喜泪；
五杯酒，
豪情胜似长江水。

雪片呀，
恰似群群仙鹤天外归；
松树林呀，
犹如寿星老儿来赴会。
老寿星啊，
白须、白发、白眼眉。

雪花呀，
恰似繁星从天坠；
桦树林呀，
犹如古代兵将守边陲。
好兵将啊，
白旗、白甲、白头盔。

草原上的骏马哟，

最快的乌骓；

深山里的好汉哟，

最勇的是李逵；

天上地下的英雄啊，

最风流的是咱们这一辈！

目标远，

大步追。

雪上走，

就像云里飞；

人在山，

就像鱼在水。

重活儿，

甜滋味。

锯大树，

就像割麦穗；

扛木头，

就像举酒杯。

一声呼，

千声回；

林荫道上，

机器如乐队；

森林铁路上，

火车似滚雷。

一声令下，

万树来归；

冰雪滑道上，

木材如流水；

贮木场上，

枕木似山堆。

且饮酒，
莫停杯！
七杯酒，
豪情与大雪齐飞；
十杯酒，
红心和朝日同辉！

小兴安岭的山哟，
雷打不碎；
汤旺河的水哟，
百折不回。
林区的工人啊，
专爱在这儿跟困难作对！

一天歇工，
三天累；

三天歇工，
十天不能安生睡；
十天歇工，
简直觉得犯了罪。

要出山，
茶饭没有了味；
快出山，
一时三刻拉不动腿；
出了山，
夜夜梦中回。

旧话说：
当一天的乌龟，
驮一天的石碑；
咱们说：

占三尺地位，

放万丈光辉!

旧话说：

跑一天的腿，

张一天的嘴；

咱们说：

喝三瓢雪水，

放万朵花蕾!

人在山里，

木材走遍东西南北；

身在林中，

志在千山万水。

祖国叫咱怎样答对，

咱就怎样答对!

想昨天：

百炼千锤；

看明朝：

千娇百媚；

谁不想干它百岁!

活它百岁!

舒心的酒，

千杯不醉；

知心的话，

万言不赘；

今儿晚上啊，

咱这是瑞雪丰年宣誓的会。

本诗作于二十世纪六十年代初，是诗人郭小川赴伊春林业局体验生活后创作的一首脍炙人口的诗篇。在小兴安岭林场的冬季，林区工人们常常要在零下三十多度的环境里工作，因此他们往往爱喝酒，并不是酗酒作乐，更没有醉酒哭天，而是要以酒暖身更好地投入生产。于是诗人便从"祝酒"入手，以清新活泼又颇具气势的语言，不仅形象地展现出了林海雪原开拓者们可敬可爱的奋斗精神与乐观豪迈的英雄气概，更表达出

扫码收听

了对祖国繁荣昌盛由衷的自豪与礼赞。诗歌以民歌体为基本体裁，在充分吸收林区人民鲜活口语的基础上，又吸收了古典诗词、民间歌谣的营养，句式精短、节奏明快，音韵流畅，读来朗朗上口，排比、对偶、夸张、比喻等多种艺术手法的综合运用，更是极大地增强了诗歌的表现力，使得整首诗读来气势宛如江水奔泻而出，从始至终高扬着崇高的革命情怀和乐观主义精神。

迎接一个迷人的春天

艾青

一

不知道你们听见了没有——
这些夜晚，从河流那边
传来了一阵阵什么破裂的声音。

呵，原来是河流正在解冻，
河水可以无拘束地奔流了，
大片大片的冰块互相撞击着，互相拥挤着，
好像戏院门前的人流，
带着欢笑拥向天边。

久久盼望的春天终于要来了，
万物滋生的季节要来了，
播种与孕育的季节要来了，
谁能不爱春天呢！

即使冰雪化了以后，
道路是泥泞的，
即使要穿过一大片沼泽地带，
我们也要去欢迎她，

因为她给我们大家带来了温暖和希望。

二

我们有过被欺骗的春天，

我们有过被流放的春天，

我们有过被监禁的春天，

我们有过呜咽啜泣的春天。

我们曾经像蜗牛似的，

在墙脚根上慢慢地爬行；

我们曾经像喇嘛教徒似的，

敲着木鱼，念着经消磨时间。

然而，整个外面的世界，

成千上万的车队，

在高速公路上飞奔，

而轰鸣的战斗机，

随时都有可能像闪电划过我们神圣的蓝天，

我们所面临的是一场无比严峻的考验。

经历了多少的动荡与不安，

我们终于醒悟过来了，

终于突破了层层坚冰，

迎来了万马奔腾的时间。

三

我们终于能理直气壮地生活了，

我们能扬眉吐气地过日子了，

我们具有无比坚强的信心，

像哈萨克族举行"姑娘追"似的来迎接这个春天。

她来了，真的来了，

你可以闻到她的芬芳，

你可以感到她的体温，

就连树上的小鸟也在歌唱，

就连林间的小鹿也在跳跃……

我们要拉响所有的汽笛，
来迎接这个新时代的黎明；
我们要鸣放二十一门礼炮，
来迎接这个岁月的元首。

所有的琴师拨动琴弦，
所有的诗人谱写诗篇，
所有的乐器，歌声，诗篇
组成最大的交响乐章，
来迎接一个迷人的春天！

艾青（1910—1996）

原名蒋正涵，号海澄，浙江金华人。成名作《大堰河——我的保姆》发表于 1933 年，这首诗奠定了他诗歌的基本艺术特征和他在现代文学史上的重要地位，他被认为是中国现代诗的代表诗人之一。其作品被译成几十种文字，著有《大堰河》《北方》《向太阳》《黎明的通知》《湛江，夹竹桃》等诗集。艾青是中国新诗史上产生过重要影响，具有独特风格的现实主义诗人。他的诗往往较多地把个人的悲欢融合到时代的悲欢里，反映自己民族和人民的苦难与命运，反映现实的生活和斗争，从而比较鲜明地传达时代的呼唤和人民的心声。

1979 年的春天，在党的十一届三中全会精神的推动下，中国人民期盼已久的时代的"春天"终于到来了。作为"归来"诗人的领军人物，艾青没有刻意去渲染自己二十年间个人的遭遇，而是再一次化身为人民的代言人，去书写"我们"在这个春天里所共有的情绪，传达出了一个时代的信念与憧憬、温暖与希望。《迎接一个迷人的春天》，这是诗人对民主与科学之春的到来无比深情而热烈的赞美。在这首诗中，诗人笔下自然之春的物象——河流的解冻、冰雪的消融、万物的欢畅——无一

扫码收听

不是时代之春的象征。"谁能不爱春天呢！"这是经历了曾经那些"被欺骗的春天""被流放的春天""被监禁的春天""呜咽啜泣的春天"里种种的动荡与不安后，诗人发出的由衷赞叹。作为一个时代的歌者，艾青为这"春天"的到来"举行"了一场无比盛大的欢迎仪式——"我们要拉响所有的汽笛""我们要鸣放二十一门礼炮"，我们要"所有的乐器，歌声，诗篇／组成最大的交响乐章"，广泛的联想和奔放的气势给予人们强烈的鼓舞与振奋，跳荡着诗人火热的诗情。

有的人

臧克家

有的人活着

他已经死了；

有的人死了

他还活着。

有的人

骑在人民头上："啊，我多伟大！"

有的人

俯下身子给人民当牛马。

有的人

把名字刻入石头，想"不朽"；

有的人

情愿作野草，等着地下的火烧。

有的人

他活着别人就不能活；

有的人
他活着为了多数人更好地活。

骑在人民头上的
人民把他摔垮；
给人民作牛马的
人民永远记住他！

把名字刻入石头的
名字比尸首烂得更早；
只要春风吹到的地方
到处是青青的野草。

他活着别人就不能活的人，
他的下场可以看到；
他活着为了多数人更好地活着的人，
群众把他抬举得很高，很高。

臧克家（1905—2004）

著名诗人，山东潍坊诸城人。是闻一多的学生、忠诚的爱国主义者，曾为中国民主同盟盟员。二十世纪三十年代，诗集《烙印》《罪恶的黑手》《自己的写照》等出版，给当时诗坛带来了新的气息，它们兼有中国诗歌会派与新月派二者的长处，坚持前者文艺反映现实、为大众服务的现实主义思想，采纳后者注重锤炼字句和表现技巧的长处。其短诗《有的人》被广泛传诵，曾任《诗刊》主编，代表性诗篇已收入《臧克家诗选》，回忆自己创作的有《诗与生活》，谈自己诗歌创作的有《甘苦寸心知》，另有《臧克家散文小说集》。

　　此诗是为纪念鲁迅逝世十三周年而创作的。开篇前四行警句式的诗句，短短十九个字，完成了两则充满悖论性的陈述。诗人对人的物理存在和精神存在进行了全新的阐释，其中饱含了对轻于鸿毛的生和重于泰山的死的深刻思考，以精练的语言为生命的价值做出了恰切的评判。悖论性的语言中显示了巨大的张力——"死""活"并不是单纯肉眼所观察到的外延意义，深究其机理发现它具有深刻的内涵，其外延意义指的是自然生命即人存在的自然状态，内涵意义指的是人的社会生命，即人

扫码收听

在社会上起到的作用及其产生的影响。

全诗提及了两类人。其一，像鲁迅一样为人民利益抛头颅、洒热血的英雄。其二，以自我利益为中心，欺压剥削百姓、穷凶极恶之鼠辈。这些人不是特定的一部分人，而是泛化的人群。赋予"含混"意义的"有的人"，使主语扩大，描述的人不只鲁迅或某一个人，而是千千万万个人，词具有了多重的意义。置于那个时代的与之相似者都能够对号入座，词意的复杂性恰好体现了诗歌的丰富意蕴。

诗歌在强烈的对立中获得平衡，达到了矛盾与统一的结合，整首诗呈现了一种诗意的张力美，意义隽永，哲理性强，有力地歌颂了善者，无情地鞭挞了恶人，成为人人传诵的名言警句。

七里香

席慕蓉

溪水急着要流向海洋
浪潮却渴望重回土地

在绿树白花的篱前
曾那样轻易地挥手道别

而沧桑了二十年后

我们的魂魄却夜夜归来

微风拂过时

便化作满园的郁香

席慕蓉（1943— ）

女，蒙古族，全名穆伦·席连勃，当代画家、诗人、散文家。席慕蓉担任台湾新竹师专美术科教授多年，主要作品有诗集《七里香》《无怨的青春》，诗画集《画诗》，散文集《成长的痕迹》《画出心中的彩虹》《有一首歌》，美术论集《雷射艺术导论》等多部。席慕蓉的诗歌多写爱情、乡愁、时光和生命，爱的抒发已成为席慕蓉诗歌的第一主题。而在这些爱的情感中，有甜蜜，也有忧愁。席慕蓉以一个女性特有的细腻的视角，来体验着生命中的温存。台湾著名诗人痖弦评价："现代人对爱情开始怀疑了，席慕蓉的爱情观似乎在给现代人重新建立起信仰。"

　　席慕蓉的诗往往具有直抵心灵的力量。

　　"溪水急着要流向海洋／浪潮却渴望重回土地"，诗人一开篇即以贴切的比喻写出了两种矛盾的心灵状态——出走与回归，这是多么具有普遍性的人生经验！

　　年轻时我们总是渴望挣脱家的束缚，热切地向往着未来与远方，于是"在绿树白花的篱前"，少年们总是"那样轻易地挥

扫码收听

手道别"，再美好的事物也不能挽留他们前行的脚步。

　　而只有在经年的岁月之后，历经沧桑的昔日少年才发现，原来那当年轻易挥别的，竟是一辈子也回不去的美好，唯有魂魄夜归时，再逢那"满园的郁香"，是刹那的美好还是永恒的惆怅，唯有慢慢品尝。

一棵开花的树

席慕蓉

如何让你遇见我
在我最美丽的时刻

为这
我已在佛前求了五百年
求佛让我们结一段尘缘
佛于是把我化作一棵树
长在你必经的路旁

阳光下
慎重地开满了花
朵朵都是我前世的盼望

当你走近

请你细听

那颤抖的叶

是我等待的热情

而当你终于无视地走过

在你身后落了一地的

朋友啊

那不是花瓣

那是我凋零的心

席慕蓉曾讲述过，这首诗的本意并不是源于爱情，而是她在火车上一次偶然回眸，看到了一棵开满白花的油桐树，她被那满树的花震惊，然而火车旋即转弯，那棵开满花的油桐便在视野中消失了。诗人对这棵油桐念念不忘，于是便写下了这首脍炙人口的《一棵开花的树》。

　　然而，不论诗人的创作缘起到底是什么，我们今天仍愿意把它作为一首凄美哀婉的爱情诗来解读。

　　"如何让你遇见我/在我最美丽的时刻"这一问，问出了多少痴情少女深埋心底的祈愿？"为这/我已在佛前求了五百年/求佛让我们结一段尘缘"，五百年的虔诚祈愿，终于换来了佛的成全，"佛于是把我化作一棵树/长在你必经的路旁"。为

扫码收听

了让你遇见最美的"我",这棵为爱情而生的树啊,在"阳光下/慎重地开满了花",好一个"慎重地"啊!哪一个女孩子去见自己心爱的人的时候,不是"慎重地"盛装出场?所以,为何那一树的花那么美?因为"朵朵都是我前世的盼望"啊。而当你终于走近时,"我"的每一片叶子似乎都在颤抖,"那颤抖的叶/是我等待的热情",读到此处,我们的心此时此刻似乎也在跟着这棵开花的树一同颤抖、一同盼望,期待这一次相遇会有因果。然而,"而当你终于无视地走过/在你身后落了一地的/朋友啊/那不是花瓣/那是我凋零的心",五百年的佛前祈愿,也换不回你的一次回眸,痴情与无视、希望与失望、盛开与凋零,戛然而止的诗句里,留下的是爱情失落的无尽感伤。

山路

席慕蓉

我好像答应过你
要和你　一起
走上那条美丽的山路

你说　那坡上种满了新茶
还有细密的相思树
我好像答应过你
在一个遥远的春日下午

而今夜　在灯下
梳我初白的发
忽然记起了一些没能
实现的诺言　一些
无法解释的悲伤

在那条山路上
少年的你　是不是
还在等我
还在急切地向来处张望

爱情，是一条崎岖又美丽的山路。

年少时总以为，天长日久理所应当，这世间一切一切的美好，我们都可以与心爱的人一起，一件一件慢慢共享。然而哪里会知道，生命中有多少"无法解释的悲伤"，我们永远无法预料生命的岔路在何处，甚至永远无法清楚地知晓为何我们走着走着就各奔东西。

年少时不懂得珍惜，分别总是那样轻易，只是何曾料到，在许多许多年后的某个夜晚，梳着"初白的发"的你，会忽

扫码收听

然记起那些遥远而模糊的诺言，"在一个遥远的春日下午"依稀"我好像答应过你"。答应过要和你一起"走上那条美丽的山路"，看那满坡的新茶，看那细密的相思树。

然而美丽的承诺，却早已消逝在时光深处，再忆起只有感伤与唏嘘。

相信那条美丽的山路，新茶依旧绿到醉人，相思树也依旧细密，只是已不必再追问，那山路上还有没有那位，向来处张望的，等你的少年。

这是四点零八分的北京

食指

这是四点零八分的北京，
一片手的海洋翻动；
这是四点零八分的北京，
一声雄伟的汽笛长鸣。

北京车站高大的建筑，
突然一阵剧烈的抖动。
我双眼吃惊地望着窗外，
不知发生了什么事情。

我的心骤然一阵疼痛，一定是
妈妈缀扣子的针线穿透了心胸。
这时，我的心变成了一只风筝，
风筝的线绳就在妈妈手中。

线绳绷得太紧了，就要扯断了，
我不得不把头探出车厢的窗棂。

直到这时，直到这时候，
我才明白发生了什么事情。

—— 一阵阵告别的声浪，
就要卷走车站；
北京在我的脚下，
已经缓缓地移动。

我再次向北京挥动手臂，
想一把抓住她的衣领，
然后对她大声地叫喊：
永远记着我，妈妈啊，北京！

终于抓住了什么东西，
管他是谁的手，不能松，
因为这是我的北京，
这是我的最后的北京。

食指（1948— ）

本名郭路生，山东鱼台人。朦胧诗代表人物，被当代诗坛誉为"朦胧诗鼻祖"，被称为新诗潮诗歌第一人。代表作有《相信未来》《海洋三部曲》《这是四点零八分的北京》等。他的作品基本上遵从了四行一节，在轻重音不断变化中求得感人效果的传统方式，以语言的时间艺术，与中国画式的空间艺术相结合，实现了他所反复讲述的"我的诗是一面窗户，是窗含西岭千秋雪"的艺术追求。他的诗是质朴的，没有华而不实的语言。

"四点零八分的北京"是一幅定格无数青年命运的画面。当时（1968年冬）每天四点零八分都会有一班火车把北京知青送走，车上车下哭成一团。有的学生被打成反革命，关在学校，连家也不能回，被工宣队直接押上了火车。有的父母是剃了阴阳头的黑帮或反革命，被单位造反派押来见自己孩子最后一面。有的人当场哭昏了，被抬到站东大铁栅栏门前临时设立的急救台抢救。随着汽笛的拉响，哭声顿时变大，知青们冲向窗口，哭喊着想抓住他们"最后的北京"。

诗人用敏锐的洞察力，记录下了那段不堪回首的、触动每一个知青灵魂的历史，所以有人评价说，《这是四点零八分的北京》

扫码收听

作为人文色彩强烈的时代文本，流传下来可以证实二十世纪五六十年代唯一一首能称得上是诗的东西，一个见证性的孤本。

汽笛长鸣这一瞬间，汇聚了对命运的忧虑和恐慌。这一刻是特定时代的重大历史内涵的浓缩。接下来，一组精妙的比喻恰当地将子女与母亲、知青与北京的双重关系呈现出来。青年们如同要断线的风筝，命运在未知的风向中沉浮。随之情感逐渐进入爆发前的暗涌阶段，"我"意识到移动的火车已经开始撕裂与北京的联系，被放逐远方。最后两节是全诗的高潮，知青们反复呼喊着，挣扎着，想抓住"最后的北京"。这是歇斯底里的绝望与不舍，也是最后的诀别，那一句呼唤，透射着浓烈的悲剧色彩和对祖国未来的担忧。

鱼儿三部曲

一

食
指

冷漠的冰层下鱼儿顺水而去，
听不到一声鱼儿痛苦的叹息。
既然得不到一点温暖的阳光，
又怎能迎送生命中绚烂的朝夕？！

现实中没有波浪，
可怎么浴血搏击？
前程呵，远不可测，
又怎么把希望托寄？

鱼儿唯一的安慰，
便是沉湎于甜蜜的回忆。
让那痛苦和欢欣的眼泪，
再次将淡淡的往事托起。

既不是春潮中追寻的花萼，
也不是骄阳下恬静的安息；

既不是初春的寒风料峭，
也不是仲夏的绿水涟漪。

而是当大自然缠上白色的绷带，
流着鲜血的伤口刚刚合愈。
地面不再有徘徊不定的枯叶，
天上不再挂深情缠绵的寒雨。

它是怎样猛烈地跳跃呵，
为了不失去自由的呼吸；
它是怎样疯狂地反扑呵，
为了不失去鱼儿的利益。

虽然每次反扑总是失败，
虽然每次弹越总是碰壁，
然而勇敢的鱼儿并不死心，
还在积蓄力量作最后的努力。

终于寻到了薄弱环节，

好呵，弓起腰身弹上去，
低垂的尾首腾空跃展，
那么灵活又那么有力！

一束淡淡的阳光投到水里，
轻轻抚摸着鱼儿带血双鳍；
"孩子呵，这是今年最后的一面，
下次相会怕要到明年的春季。"

鱼儿迎着阳光愉快欢跃着，
不时露出水面自由地呼吸。
鲜红的血液溶进缓缓的流水，
顿时舞作疆场上飘动的红旗。

突然，一阵剧烈的疼痛，
使鱼儿昏迷，沉向水底。
我的鱼儿啊，你还年轻，
怎能就这样结束一生？！

不要再沉了，不要再沉了，
我的心呵，在低声地喃语。
……终于鱼儿苏醒过来了，
又拼命向着阳光游去。

当它再一次把头露出水面，
这时鱼儿已经竭尽全力。
冰冷的嘴唇还在无声地翕动，
波动的水声已化作高傲的口气：

"永不畏惧冷酷的风雪，
绝不俯仰寒冬的鼻息。"
说罢，返身扎向水底，
头也不回地向前游去……

冷漠的冰层下鱼儿顺水漂去，
听不到一声鱼儿痛苦的叹息。
既然得不到一点温暖的阳光，
又何必迎送生命中绚烂的朝夕？！

二

趁着夜色，凿开冰洞，
渔夫匆忙地设下了网绳。
堆放在岸边的食品和烟丝，
朦胧中等待着蓝色的黎明。

为什么悬垂的星斗像眼泪一样晶莹？
难道黑暗之中也有真实的友情？
但为什么还没等到鱼儿得到暗示，
黎明的手指就摘落了满天慌乱的寒星？

一束耀眼的灿烂阳光，
晃得鱼儿睁不开眼睛，
暖化了冰层冻结的夜梦
慈爱地将沉睡的鱼儿唤醒：

"我的孩子呵，可还认识我？
可还叫得出我的姓名？

可还在寻找我命运的神谕？
可仍然追求自由与光明？"

鱼儿听到阳光的询问，
睁开了迷惘失神的眼睛，
试着摇动麻木的尾翼，
双鳍不时拍拂着前胸：

"自由的阳光，真实地告诉我，
这可是希望的春天来临？
岸边可放下难吃的鱼饵？
天空可已有归雁的行踪？"

沉默呵，沉默，可怕的沉默，
得不到一丝一毫的回声。
鱼儿的心突然颤抖了，
它听到树枝在嘶喊着苦痛。

警觉催促它立即前行，

但鱼儿痴恋这一线光明，

它还想借助这缕阳光，

看清楚自己渺茫的前程……

当鱼儿完全失去了希望，

才看清了身边狰狞的网绳。

"春天在哪儿呵，"它含着眼泪

重又开始了冰层下的旅程。

像渔夫咀嚼食品那样，

阳光撕破了贪婪的网绳。

在烟丝腾起的云雾之中，

渔夫做着丰收的美梦。

三

苏醒的春天终于盼来了，

阳光的利剑显示了威力，

无情地割裂冰封的河面，

冰块在河床里挣扎撞击。

冰层下睡了一年多的水蟒，
刚露头又赶紧缩回河底，
荣称为前线歌手的青蛙，
也吓得匆忙向四方逃匿。

我的鱼儿，我的鱼儿呵，
你在哪里，你在哪里？
你盼了一冬，就是死了，
也该浮上来你的尸体！

真的，鱼儿真的死了，
眼睛像是冷漠的月亮，
刚才微微翕动的鳃片，
现在像平静下去的波浪。

是因为它还年轻，性格又倔强，
它对于自由与阳光的热切盼望，

使得它不顾一切跃出了水面，
但却落在了终将消融的冰块上。

鱼儿临死前在冰块上拼命地挣扎着
太阳急忙在云层后收起了光芒——
是她不忍心看到她的孩子，
年轻的鱼儿竟是如此下场。

鱼儿却充满献身的欲望：
"太阳，我是你的儿子，
快快抽出你的利剑啊，
我愿和冰块一同消亡！"

真的，鱼儿真的死了，
眼睛像是冷漠的月亮，
刚才微微翕动的鳃片，
现在像平静下去的波浪。

一张又一张新春的绿叶，

无风自落，纷纷扬扬，
和着泪滴一样的细雨，
把鱼儿的尸体悄悄埋葬。

是一堆锋芒毕露的鱼骨，
还是堆丰富的精神矿藏，
我的灵魂那绿色坟墓，
可曾引人深思和遐想……

当这冰块已消亡，
河水也不再动荡。
竹丛里蹦来青蛙，
浮藻中又来游出水蟒。

水蟒吃饱了，静静听着，
青蛙动人的慰问演唱。
水蟒同情地流出了眼泪，
当青蛙唱到鱼儿的死亡。

这首诗作于 1967 年，是诗人早期诗歌的代表作之一。诗人曾在一篇回忆文章中交代了这首诗创作的缘起，诗人早年也曾参与了红卫兵运动，但很快红卫兵运动便陷入低潮，理想主义遭受打击的诗人心情十分不好。写作本诗时正值冬季，诗人经过农大附近时看到一条冰冻的小河沟，当时的景象让诗人联想到了那在冰层之下见不到阳光的鱼儿，与当下青年们的处境何其相似，于是诗人写下了这首带有精神自传色彩的《鱼儿三部曲》。

　　全诗通篇以"鱼儿"的处境来象征那个时代青年人的精神和生活状态。

　　这首诗的第一部分写"鱼儿"在"冷漠的冰层下"痛苦而决绝的挣扎。"既然得不到一点温暖的阳光，又何必迎送生命中

一　二　三

扫码收听

绚烂的朝夕？！"在诗人心中，"阳光"象征着内心不可撼动的理想，而如果理想破灭，那么生命也就失去了意义。因此，为了获得"阳光"的抚照，"鱼儿"猛烈地跳跃、疯狂地反扑，不断地撞击着冰层，纵然一次次失败，但还要"积蓄力量作最后的努力"，纵使遍体鳞伤也充满了为理想牺牲的正义，"鲜红的血液溶进缓缓的流水，顿时舞作疆场上飘动的红旗"。即便冰冷的嘴唇只能无声地翕动，"鱼儿"也要借波动的水声高傲地宣言："永不畏惧冷酷的风雪，绝不俯仰寒冬的鼻息。"因为，那"一束淡淡的阳光"许诺了"鱼儿"明年的春季。

　　诗的第二部分里，"鱼儿"迎来了"一束耀眼的灿烂阳光"，然而那阳光的背后却是渔夫精心布下的"狰狞的网绳"。这一部分中，面对"阳光"的召唤，"鱼儿"却表现出了痛苦的

"犹疑"——"这可是希望的春天来临？岸边可放下难吃的鱼饵？天空可已有归雁的行踪？"面对"阳光"的"可怕的沉默"，尽管内心已有了答案，但"鱼儿"仍不愿放弃那"一线光明"，仍想"看清楚自己渺茫的前程"，直至"完全失去了希望"，"鱼儿"才又一次"含着眼泪"重又开始"冰层下的旅程"。

而在诗的第三部分里，"苏醒的春天"终于来临，"冰封的河面"终于被"阳光"解封，然而"鱼儿"却死在了对"自由与阳光"的执着追求中。"是因为它还年轻，性格又倔强，它对于自由与阳光的热切盼望，使得它不顾一切跃出了水面，但却落在了终将消融的冰块上。""鱼儿"的死充满了自我献祭的英雄意味，"鱼儿"高喊着"太阳，我是你的儿子，快快抽出你的利剑啊，我愿和冰块一同消亡！"口号式的告白，无疑是诗人内心崇高的革命理想与浪漫主义精神的外化，这是时代给予诗人的精神烙印。而"鱼儿"追求理想却最终死亡的结局，却从另一个维度表现出了十九岁的食指独特的精神气质和诗歌天赋，正如当代文学评论家谢冕在评论这首诗时所说："在举世为某种被神化的激情支配着高扬幻化的乐观时，食指这种近于叛逆的暗示显示出作为诗人最动人的独立品质。"

相信未来

食指

当蜘蛛网无情地查封了我的炉台，
当灰烬的余烟叹息着贫困的悲哀，
我依然固执地铺平失望的灰烬，
用美丽的雪花写下：相信未来。

当我的紫葡萄化为深秋的露水，
当我的鲜花依偎在别人的情怀，
我依然固执地用凝霜的枯藤，
在凄凉的大地上写下：相信未来。

我要用手指那涌向天边的排浪，
我要用手掌那托起太阳的大海，
摇曳着曙光那支温暖漂亮的笔杆，
用孩子的笔体写下：相信未来。

我之所以坚定地相信未来，
是我相信未来人们的眼睛——

她有拨开历史风尘的睫毛，
她有看透岁月篇章的瞳孔。

不管人们对于我们腐烂的皮肉，
那些迷途的惆怅，失败的苦痛，
是寄予感动的热泪，深切的同情，
还是给以轻蔑的微笑，辛辣的嘲讽。

我坚信人们对于我们的脊骨，
那无数次的探索、迷途、失败和成功，
一定会给予热情、客观、公正的评定，
是的，我焦急地等待着他们的评定。

朋友，坚定地相信未来吧，
相信不屈不挠的努力，
相信战胜死亡的年轻，
相信未来，热爱生命。

诗人通过一系列意象的隐喻，抒发了时代巨变中个人的痛苦和绝望，以及在绝望中对历史和价值的笃信与坚守。那种固执的、残忍的、伤痕累累的相信，曾感动和温暖了一代人。

　　第一节中蛛网、炉台、灰烬、雪花等意象，组成了一幅饥寒交迫、令人绝望的画面。这既是现实中常见的经查抄打砸后一片破败画面的直接反映，也是诗人对于在强权压制下的绝望生活处境的形象表达。第二节中，葡萄化为露水，鲜花被人收割，整个大地只剩枯藤残枝，一片凄凉。在巨大的时代变动中，年轻人闪闪发光的梦想一夕之间化为泡影，原本属于自己的美好未来被无情剥夺。然而面对无尽的凋零，"我"依然用苍劲的枯藤，书写纯洁的信仰和悲壮的信念。第三节使用了排浪、大海、太阳这些明朗宏大的意象，"我"从绝望的现实中超

扫码收听

脱出来，仿佛幻化为自然之子，置身于阔大的自然天地之中，拥有排山倒海、征服一切的力量。但这股力量并非摧枯拉朽的破坏性暴力，而是温暖治愈的正义力量。"我"变得自由而独立，在天地间写下不朽的信念。最后三节，诗人直抒胸臆，让我们看到这信念背后的理性支撑：在人类生活中，由漫长的历史发展所确立起来的一些基本原则是不会轻易改变的。历史也许会暂时蒙尘，但是真、善、美永不磨灭，在未来终究会展现它本来的面貌。

诗中"相信"二字的分量，那是一种自觉和清醒的判断，它不随年龄和时代而更易，因为它诞生于一个知识分子的独立人格。"相信未来"是一种坚定、热情而有力的呼告，回荡在历史的天空中，鼓舞着过去、现在和未来的人们。

在你出发的时候

食指

朋友，亲爱的朋友
我们就要分手
一同来歌唱吧
在你出发的时候

歌唱阳光的明朗
歌唱蓝天的自由
歌唱动荡的海洋里
一只无畏的船头

解开情感的缆绳
告别母爱的港口
要向人生索取
不向命运乞求

红旗就是船帆

太阳就是舵手

请把我的话儿

永远记在心头

朋友，亲爱的朋友

我们就要分手

一同来歌唱吧

在你出发的时候

北岛曾在《断章》一文中回忆自己在颐和园听友人读起《在你出发的时候》时的场景："郭路生的诗如轻拨琴弦，一下触动了某根神经……当时几乎人人写旧体诗，陈词滥调，而郭路生的诗别开生面，为我的生活打开一扇意外的窗户。"

　　《在你出发的时候》是食指在 1968 年前后写下的作品，这首现代语境下的送别诗，以"歌唱"化解分别的惆怅，以"出发"昭示行动的信念，"阳光""蓝天""海洋"等意象的运用，表达着对光明与高远的向往，"解开情感的缆绳 / 告别母爱的港

扫码收听

口"是斩断所有羁绊的决绝的告别,"要向人生索取／不向命运乞求"是飞扬青春理想的狂放的宣告。这是一首很青春的诗,但也是一首具有鲜明时代特色的诗,"红旗就是船帆／太阳就是舵手"意象的运用完全是在当时文化语境下的书写,有明显的"话说我"的倾向。整体而言,诗歌理想主义色彩比较浓重,节奏明快、情绪明朗,在当时压抑的社会环境中,的确可以让人耳目一新,起到振奋人心的作用。

回答

北岛

卑鄙是卑鄙者的通行证，
高尚是高尚者的墓志铭，
看吧，在那镀金的天空中，
飘满了死者弯曲的倒影。

冰川纪过去了，
为什么到处都是冰凌？
好望角发现了，
为什么死海里千帆相竞？

我来到这个世界上，
只带着纸、绳索和身影，
为了在审判之前，
宣读那些被判决的声音。

告诉你吧，世界
我——不——相——信！

纵使你脚下有一千名挑战者，
那就把我算作第一千零一名。

我不相信天是蓝的，
我不相信雷的回声，
我不相信梦是假的，
我不相信死无报应。

如果海洋注定要决堤，
就让所有的苦水都注入我心中，
如果陆地注定要上升，
就让人类重新选择生存的峰顶。

新的转机和闪闪星斗，
正在缀满没有遮拦的天空。
那是五千年的象形文字，
那是未来人们凝视的眼睛。

北岛（1949— ）

浙江湖州人，生于北京。1968 年高中毕业，当过混凝土工、铁匠。北岛是"朦胧诗"创作的代表诗人之一，诗歌主题往往表达自我与世界的冲突、理想与现实的抵牾，在反思历史、审视时代的同时呼唤人性的价值和尊严，在理性思辨和现实批判精神中交织着人道主义、英雄主义与忧患意识。著有诗集《北岛诗选》《太阳城札记》《北岛与顾城诗选》，中短篇小说集《波动》，译著诗集《现代北欧诗选》，散文集《失败之书》《时间的玫瑰》等。

1978 年 12 月 23 日，北岛以一首《回答》向世界喊出了一代从迷惘到觉醒的青年共同的心声——"我—不—相—信！"这一声"我—不—相—信！"，是诗人以无畏的挑战者的姿态，强烈的批判立场、担当精神和不惜牺牲一切的决绝，对曾经那个荒谬倒置的时代作出的严肃"回答"。

《回答》无疑是一首具有启蒙意义的诗篇。"卑鄙是卑鄙者的通行证，高尚是高尚者的墓志铭"，在时代变革的前夜，这箴言似的诗句迸发出巨大的感召力量；诗人一连四句的"我不相信"的排比，以否定宣泄着压抑，表达出了对重建的强烈渴

扫码收听

望；而"纵使你脚下有一千名挑战者，那就把我算作第一千零一名""如果海洋注定要决堤，就让所有的苦水都注入我心中"这些充满殉道精神的诗句，散发着强大的人格与道义的力量，注定让诗人不会成为孤独的觉醒者；而在诗歌的最后一节，诗人深情地呼唤着"新的转机"，在对历史的回眸与对未来的期盼中，给人以振奋和希望。正像北师大张清华教授所评价的那样："他（北岛）是使当代中国的诗歌在黑暗的精神幕布上撕开缺口的诗人，是使当代诗歌的潜流浮出地表、使孕育中的先锋写作露出冰山一角的诗人，在这个意义上，他也是一位先驱。"

感谢

汪国真

让我怎样感谢你
当我走向你的时候
我原想收获一缕春风
你却给了我整个春天

让我怎样感谢你
当我走向你的时候
我原想捧起一簇浪花
你却给了我整个海洋

让我怎样感谢你

当我走向你的时候

我原想撷取一枚红叶

你却给了我整个枫林

让我怎样感谢你

当我走向你的时候

我原想亲吻一朵雪花

你却给了我银色的世界

汪国真（1956—2015）

生于北京，当代诗人、书画家。1982年毕业于暨南大学中文系。1984年发表第一首比较有影响的诗《我微笑着走向生活》。1985年起将业余时间集中于诗歌创作，在主题上积极向上、昂扬而又超脱。作品的一个特征经常是提出问题，而这问题是每一个人生活中常常会遇到的，其着眼点是生活的导向实践，并从中略加深化，拿出一些人所共知的哲理。汪国真的诗歌自1990年至今一直备受青年读者青睐，汪国真的诗集一直畅销不衰，盗版不断，并形成独特的"汪国真现象"。代表作有《年轻的潮》《年轻的思绪》《热爱生命》《雨的随想》等。

《感谢》是汪国真在2006年暨南大学百年校庆时所作的一首诗歌。全诗共四节，每节前两句均以"让我怎样感谢你／当我走向你的时候"这一问句起，饱含强烈情感色彩。每节后两句变换一组对比鲜明的意象："一缕春风／整个春天""一簇浪花／整个海洋""一枚红叶／整个枫林""一朵雪花／银色的世界"，通过"我"的卑微所求和"你"的慷慨给予的反复对比，形象地表达着内心真切的感激之情。

扫码收听

　　生命中总有一些人值得我们用心感念，他们或是辛苦抚育我们的父母，或是真心关爱我们的亲朋，或是在人生关键时刻指引我们前行的引路人……他们给予我们的甚多，而要求于我们的甚少，他们默默地为我们撑起了一个爱与暖的世界，让我们无忧无惧、笃定前行。

　　如果你的生命中也曾有过这样一些人，或许汪国真的这首《感谢》最能道出你的心声。

热爱生命

汪国真

我不去想是否能够成功
既然选择了远方
便只顾风雨兼程

我不去想能否赢得爱情
既然钟情于玫瑰
就勇敢地吐露真诚

我不去想身后会不会袭来寒风冷雨

既然目标是地平线

留给世界的只能是背影

我不去想未来是平坦还是泥泞

只要热爱生命

一切，都在意料之中

作为汪国真走向辉煌的成名作之一，这首《热爱生命》1988年甫一发表，很快便在广大读者中间产生了热烈的反响，一夜之间，无数的青年吟咏、抄录汪国真的诗篇。在这首极富励志色彩的诗篇之中，汪国真以其一贯的箴言警句体诗风，向读者传达了一个单纯的信念，那就是——"只要热爱生命，一切，都在意料之中。"只要对生命满怀热爱，一往无前地不懈努力，那么我们就终会超越现实的局限，打破眼前的痛苦，成功、爱情，一切美好的结局也都在意料之中了。也许从诗歌艺

扫码收听

术手法上而论，这首诗并没有太多值得称道的地方，但这首诗中所昂扬出的积极向上、乐观自信的精神风貌却足以感染一代代读者。当代诗人、学者、华侨大学中文系教授毛翰在《20世纪中国新诗分类鉴赏大系》中对这首诗的评价就极为中肯独到："读陈子昂《登幽州台歌》，可以想见一位'独怆然而涕下'的古之哲人风范；读此篇，则可想见一位在人生路上奋然前行的现代青年的英姿。抒情主人公的形象弥补了诗中比兴手法之不足。故而质实未必浅露，直抒胸臆之作未必失之直白。"

走向远方

汪国真

是男儿总要走向远方
走向远方是为了让生命更辉煌
走在崎岖不平的路上
年轻的眼眸里装着梦更装着思想
不论是孤独地走着还是结伴同行
让每一个脚印都坚实而有重量

我们学着承受痛苦
学着把眼泪像珍珠一样收藏
把眼泪都贮存在成功的那一天流
那一天，哪怕流它个大海汪洋

我们学着对待误解
学着把生活的苦酒当成饮料一样慢慢品尝
不论生命历经多少委屈和艰辛
我们总是以一个朝气蓬勃的面孔
醒来在每一个早上

我们学着对待流言

学着从容而冷静地面对世事沧桑

"猝然临之而不惊，无故加之而不怒"

这便是我们的大勇，我们的修养

我们学着只争朝夕

人生苦短

道路漫长

我们走向并珍爱每一处风光

我们不停地走着

不停地走着的我们也成了一处风光

走向远方

从少年到青年

从青年到老年

我们从星星走成了夕阳……

哪一个少年不曾渴望过走向远方？走向远方，是生命成长的去向；走向远方，"是为了让生命更辉煌"。在这首《走向远方》中，诗人不再仅仅满足于表达"我"的精神追求和心灵体验，而是让"我"成为"我们"——当代青年中的一员，诗人化身为青年的代言人，去书写"我们"在走向远方的路途中所共有的经历和体验：通往远方的路崎岖不平，"我们"要学着承

扫码收听

受痛苦、学着对待误解与流言、学着只争朝夕，学着珍爱每一处风光，直到"我们"也成了一处风光，直到"我们从星星走成了夕阳"……仿佛诗人就是与你一路同行的伙伴，一路给予你安慰，更给予你鼓舞与激励，从风华正茂到慢慢变老，与你一起走向生命的远方。

域外来风

读一首情诗，给星辰大海，黄昏晚霞，当你爱了

我曾经爱过你

〔俄〕普希金

戈宝权／译

我曾经爱过你：爱情，也许

在我的心灵里还没有完全消亡，

但愿它不会再打扰你，

我也不想再使你难过悲伤。

我曾经默默无语、毫无指望地爱过你，
我既忍受着羞怯，又忍受着嫉妒的折磨，
我曾经那样真诚、那样温柔地爱过你，
但愿上帝保佑你，
另一个人也会像我一样地爱你。

普希金（1799—1837）

现代俄罗斯文学的奠基人，被誉为"俄罗斯文学之父""俄罗斯诗歌的太阳"。十九世纪俄罗斯浪漫主义文学主要代表。他的作品是俄民族意识高涨以及贵族革命运动在文学上的反映。他创立了俄罗斯民族文学和文学语言，在诗歌、小说、戏剧乃至童话等文学各个领域都给俄罗斯文学创立了典范。代表作有诗歌《自由颂》《致大海》《致恰达耶夫》《假如生活欺骗了你》等，诗体小说《叶甫盖尼·奥涅金》，小说《上尉的女儿》《黑桃皇后》等。

戈宝权（1913—2000）

曾用葆荃、北泉、北辰、苏牧等笔名，江苏东台人，著名外国文学研究家、翻译家，苏联文学专家，也是新中国成立后派往国外的第一位外交官。译作有《普希金诗集》《海燕》《裴多菲小说散文选》《高尔基小说论文集》等。其翻译善于用中文忠实体现原作，既让读者了解原文的内容，也了解原文的形式、音律和诗意，不为了外来语法结构牺牲汉语特有的传统美感。

扫码收听

  据说，普希金年轻时，曾和贵族小姐安娜·阿列克谢耶夫娜·奥列宁娜恋爱。奥列宁娜是美术学院院长、彼得堡公共图书馆馆长、考古学家奥列宁之女，自幼受文学艺术熏陶，与普希金情投意合。两人曾想结为夫妻，却遭到了女方父亲拒绝。一段炽热恋情就这样无疾而终。作为追忆，作为怀念，普希金选择了以诗歌的方式，记录下这段情感。

  不求天长地久，只在乎曾经拥有。爱情已经成为过去，但诗人心中，却永远保留着这份珍贵的净土。在爱情面前，即使人会变得卑微渺小，即使会因此经受痛苦折磨，但品尝爱的喜悦，却是最大的满足。当爱消逝，宁可默默离去，祝福恋人有更美好的未来，值得拥有更多的爱。这样的宽广与温柔、深情与包容，才是爱的本质。诗歌中的主人公，隐忍含蓄，真挚体贴，不同于情场失意就纠缠不休的痴男怨女，而是真正理解了爱博大无私的价值。敦煌文书中曾出土唐朝的"离婚协议"，中有"愿娘子相离之后，重梳蝉鬓，美扫蛾眉，巧逞窈窕之姿，选聘高官之主。解怨释结，更莫相憎。一别两宽，各生欢喜"等语，千年之前的中国古人，也明白这个道理。

纪念碑

［俄］普希金　戈宝权＼译

我为自己建立了一座非人工的纪念碑，
在人们走向那儿的路径上，青草不再生长
它抬起那颗不肯屈服的头颅
高耸在亚历山大的纪念石柱之上。

不，我不会完全死亡
我的灵魂在圣洁的诗歌中，
将比我的灰烬活得更久长，
和逃避了腐朽灭亡，
我将永远光荣，即使还只有一个诗人，
活在月光下的世界上。

我的名声将传遍整个伟大的俄罗斯，
它所有的人民，都会讲着我的名字，

无论是骄傲的斯拉夫人的子孙，是芬兰人，
以及现在还是野蛮的通古斯人，
和草原上的朋友卡尔美克人。

我所以永远能和人民亲近，
是因为我曾用我的诗歌，唤起人们的善心，
在这残酷的世纪，我歌颂过自由，
并且还为那些倒下去的死者，
祈求过怜悯同情。

哦，诗神缪斯，听从上帝的意旨吧，
既不要畏惧侮辱，也不要希求桂冠，
赞美和诽谤，都平心静气地宽容，
也不要和愚妄的人空作争论。

"有的人活着，他已经死了；有的人死了，他还活着。"这是臧克家说的。"盖文章，经国之大业，不朽之盛事。年寿有时而尽，荣乐止乎其身，二者必至之常期，未若文章之无穷。"这是曹丕说的（《典论·论文》）。诗人虽然早已不在人世，但他的作品将超越时间而存在，诗歌就是留给人间的永恒的纪念碑，诗人也因此永远活着。

　　当然，也不是所有的诗歌都能成为纪念碑，歌功颂德、阿

扫码收听

谀奉承的作品，终将被扫入历史的死角，落满尘埃；只有为真理、为正义、为自由而呐喊歌唱的诗歌，才拥有永垂不朽的价值。诗人拥有着极大的自信，正是因为自己始终与人民站在一起，为民众代言，不趋炎附势，不颠倒黑白，将真善美化为诗的语言，坦诚面对赞美或诽谤，将意义留给时间去评价。普希金虽然只活了三十八岁，但他的确做到了，他与他的诗歌，成为俄罗斯乃至世界文学史上，屹立不倒、万古长存的纪念碑。

致凯恩

〔俄〕普希金　戈宝权／译

我记得那美妙的一瞬：
在我的面前出现了你，
有如昙花一现的幻影，
有如纯洁之美的精灵。

在绝望的忧愁的折磨中，
在喧闹的虚幻的困扰中，
我的耳边长久地响着你温柔的声音，
我还在睡梦中见到你可爱的面影。

许多年代过去了。狂暴的激情
驱散了往日的梦想，
于是我忘记了你温柔的声音，
还有你那天仙似的面影。

在穷乡僻壤，在囚禁的阴暗生活中，

我的岁月就那样静静地消逝，

失去了神往，失去了灵感，

失去了眼泪，失去了生命，也失去了爱情。

如今灵魂已开始觉醒：

于是在我的面前又出现了你，

有如昙花一现的幻影，

有如纯洁之美的精灵。

我的心狂喜地跳跃，

为了它一切又重新苏醒，

有了神往，有了灵感，

有了生命，有了眼泪，也有了爱情。

凯恩，是一名将军年轻的妻子。普希金在二十岁那年与她相识于圣彼得堡，时隔数年之后，又在普希金的家乡偶遇，一起散步交谈，度过数日美好时光。在凯恩离开时，普希金将自己的代表作《叶甫盖尼·奥涅金》抄写了一章赠送给她作为礼物，但其中悄悄夹了《致凯恩》这首诗。据凯恩自述，当时她发现之后，普希金又紧张羞涩地将诗抢走，在她的恳求下才又交还。最终，诗仍然到达了诗人所歌唱的佳人手中。

　　这首诗被誉为"爱情诗卓绝的典范"，即使这份单相思的爱情在现在看来有"第三者"之嫌，但它真挚、浓烈、炽热，

扫码收听

足以打动读者。诗歌循环往复，用三个章节表现诗人对爱情的渴求：第一章节中，女主人公出现的一瞬，让诗人品尝到了爱的滋味，沉溺其中，不愿醒来；第二章节，则描写了离开爱情的场景，诗人仿佛坠入深渊，失去一切，寻找不到生命的意义；第三章节，爱情再次回归，诗人的生活也重新绽放火花，灵魂再度苏醒。诗人对女主人公并没有正面描写，而是用侧面烘托的表现手法，将之升华为一种理想、一个象征，成为生命的动力源泉。换句话说，普希金对凯恩的爱，也可以看作是诗人对美好的追求，不舍不弃，始终不渝。

致大海

[俄] 普希金　戈宝权／译

再见吧，自由奔放的大海！

这是你最后一次在我的眼前，

翻滚着蔚蓝色的波浪，

和闪耀着娇美的容光。

好像是朋友忧郁的怨诉，

好像是他在临别时的呼唤，

我最后一次在倾听

你悲哀的喧响，你召唤的喧响。

你是我心灵的愿望之所在呀！

我时常沿着你的岸旁，

一个人静悄悄地，茫然地徘徊，

还因为那个隐秘的愿望而苦恼心伤！

我多么热爱你的回音，

热爱你阴沉的声调，你的深渊的音响，

还有那黄昏时分的寂静，

和那反复无常的激情！

渔夫们的温顺的风帆，

靠了你的任性的保护，

在波涛之间勇敢地飞航；

但当你汹涌起来而无法控制时，

大群的船只就会覆亡。

我曾想永远地离开

你这寂寞和静止不动的海岸，

怀着狂欢之情祝贺你，

并任我的诗歌顺着你的波涛奔向远方，

但是我却未能如愿以偿！

你等待着，你召唤着……而我却被束缚住；

我的心灵的挣扎完全归于枉然：

我被一种强烈的热情所魅惑，

使我留在你的岸旁……

有什么好怜惜呢？现在哪儿

才是我要奔向的无忧无虑的路径？

在你的荒漠之中，有一样东西
它曾使我的心灵为之震惊。

那是一处峭岩，一座光荣的坟墓……
在那儿，沉浸在寒冷的睡梦中的，
是一些威严的回忆；
拿破仑就在那儿消亡。

在那儿，他长眠在苦难之中。
而紧跟他之后，正像风暴的喧响一样，
另一个天才，又飞离我们而去，
他是我们思想上的另一个君主。

为自由之神所悲泣着的歌者消失了，
他把自己的桂冠留在世上。
阴恶的天气喧腾起来吧，激荡起来吧：
哦，大海呀，是他曾经将你歌唱。

你的形象反映在他的身上，

他是用你的精神塑造成长：

正像你一样，他威严、深远而深沉，

正像你一样，什么都不能使他屈服投降。

世界空虚了，大海呀，

你现在要把我带到什么地方？

人们的命运到处都是一样：

凡是有着幸福的地方，那儿早就有人在守卫：

或许是开明的贤者，或许是暴虐的君王。

哦，再见吧，大海！

我永远不会忘记你庄严的容光，

我将长久地，长久地

倾听你在黄昏时分的轰响。

我整个心灵充满了你，

我要把你的峭岩，你的海湾，

你的闪光，你的阴影，还有絮语的波浪，

带进森林，带到那静寂的荒漠之乡。

普希金因反对沙皇暴政而被流放，在流放地海边，诗人度过了难忘的时光，而将要离别之时，写下了这首在世界文学史上享有盛名的杰作。

在诗人笔下，大海是自由的象征，是光明的彼岸，它力量雄浑，胸怀博大，如同最亲密的朋友，倾听过诗人的密语，激荡过诗人的心灵。它的性情不可捉摸，温柔时波平如镜，狂暴时巨浪滔天，这一切皆因为大海蕴藏着自然界最伟大的力量，是万物起源之处，是生命孕育所在。在对大海的赞颂咏叹之中，诗人又联想起两位伟大人物——拿破仑和拜伦。一位是法国的英雄，曾为争取自由而战，但晚年却成为专制者，被推翻统治而遭放逐；一位是英国的诗人，因为崇尚自由，远渡重洋，选择了和追求希腊独立的人民一起抗争，虽然英年早逝，

扫码收听

却留下不朽的事业。在诗人看来，两位伟人的人生都与大海紧密相连，不论遗臭万年还是流芳百世，最终都将走进死亡的寂灭，不免令人惆怅沉重。在迷惑中，在怅惘中，在无限思索中，诗人再次发出对大海的呼唤，将身心投入与大海的交流，将灵魂献给这毕生的追求与信仰。

在浩瀚海洋面前，人类尤其能够感受到自我的渺小。中国当代女诗人舒婷也有一首《致大海》的同名作，并引用了普希金的诗句："'自由的元素'呵 / 任你是伴装的咆哮 / 任你是虚伪的平静 / 任你掳走过去的一切 / 一切的过去——/ 这个世界 / 有沉沦的痛苦 / 也有苏醒的欢欣"，以致敬的姿态，写出了自己心中的大海。

不要温和地走进那个良夜

[英] 迪伦·托马斯　巫宁坤／译

不要温和地走进那良夜，

老年应当在日暮时燃烧咆哮；

怒斥，怒斥光明的消逝。

虽然智慧的人临终时懂得黑暗有理，

因为他们的话没有迸发出闪电，他们

也并不温和地走进那个良夜。

善良的人，当最后一浪过去，高呼他们脆弱的善行

可能曾会多么光辉地在绿色的海湾里舞蹈，

怒斥，怒斥光明的消逝。

狂暴的人抓住并歌唱过翱翔的太阳，

懂得，但为时太晚，他们使太阳在途中悲伤，

也并不温和地走进那个良夜。

严肃的人，接近死亡，用炫目的视觉看出

失明的眼睛可以像流星一样闪耀欢欣，

怒斥，怒斥光明的消逝。

您啊，我的父亲，在那悲哀的高处，

现在用您的热泪诅咒我，祝福我吧，我求您。

不要温和地走进那个良夜。

怒斥，怒斥光明的消逝。

迪伦·托马斯（1914—1953）

生于英国威尔士，是二十世纪四十年代以来英国诗坛最有影响的诗人之一，他的诗作受到现代主义诗歌和浪漫主义传统的双重影响，技巧圆熟，关注读者的情感诉求，具有强烈的抒情性。他不但在技巧上而且在意识上极大地革新了英国现代诗歌，掀开了英国诗歌史上崭新的一页。著有诗集《诗十八首》《我生活的世界》《死亡和出场》等。

巫宁坤（1920—2019）

江苏扬州人。中国著名翻译家，英美文学研究专家。译作有《了不起的盖茨比》《白求恩传》等。

　　这是作者写给他父亲的一首诗。当时，父亲生命垂危，即将离世，而作者写下这首诗，希望能够唤起父亲战胜死神的斗志，不放弃任何活下去的希望。而电影《星际穿越》让这首诗更被大众知晓。

　　诗歌将死亡比喻成"良夜"，而且是"温和"地走入，乃是因为对于人类而言，死亡是人生必然的归宿。但作者却认

扫码收听

为，人并不应该如此顺从命运的安排，即便到了晚年，也应当让生命的火焰熊熊燃烧，向往生之光明，怒斥黑夜来临。无论智慧的人、善良的人、狂暴的人、严肃的人，即使生存方式不同，但面对死亡之时，都应保持抗争的姿态，绝不轻易向命运屈膝投降。这与曹操"烈士暮年，壮心不已"恰恰有着微妙的共通之处。

　　而放眼更深刻的思考，人类仅仅是面对死亡时，才应当绝不屈服、保持愤怒吗？被社会磨平了棱角，告诉自己一切理应习惯，无论面对什么，都不再保有生命的激情，只是默默接受，不再反抗，不再愤怒，温和地被世俗驯化，行尸走肉一般，温水煮青蛙一般，最终走入"那个良夜"。这首诗恰恰告诉我们，即便是日暮时分，也一定要拥有愤怒的权利，"宁鸣而死，不默而生"。

星星们高挂空中

〔英〕海涅　杨武能／译

星星们高挂空中，
千万年一动不动，
彼此在遥遥相望，
满怀着爱的伤痛。

它们说着一种语言，
美丽悦耳，含义无穷，

世界上的语言学家，
谁也没法将它读懂。

可我学过这种语言，
并且牢记在了心中，
供我学习用的语法，
就是我爱人的面容。

海涅（1797—1856）

德国抒情诗人和散文家，被称为"德国古典文学的最后一位代表"。海涅在文学史上一般被认为是歌德以后德国最重要的诗人。海涅既是浪漫主义诗人，也是浪漫主义的超越者。他使日常语言诗意化，将报刊上的文艺专栏和游记提升为一种艺术形式，赋予了德语一种罕为人知的轻松与优雅。他是作品被翻译得最多的德国诗人之一。代表作品有《罗曼采罗》《佛罗伦萨之夜》《游记》《德国，一个冬天的童话》等。

杨武能（1938— ）

重庆人。1962年毕业于南京大学，1978年考入中国社会科学院研究生院，师从冯至研究歌德。毕生从事德语文学研究、教学和翻译工作。出版有《浮士德》《少年维特的烦恼》《格林童话全集》《魔山》等经典译著数十部。曾获得德国国家功勋奖章，国际歌德研究最高奖歌德金质奖章，中国翻译文化终身成就奖。

扫码收听

浩渺星空，无穷无垠，能激起人壮丽、深刻、博大等感受。但仰望星空，联想爱情，正是海涅的别出心裁之处。诗人将漫天星辰想象成远隔光年的爱侣，遥遥相望，彼此诉说爱意，人间无法读懂，唯有心中充满爱的人才能理解。那就是，当爱人的面容映在自己的眼中之时，其实无需语言，就自然读懂了爱情。诗歌想象独特，感情浓烈，具有鲜明的个人风格。

从星空想到爱情，其实海涅倒也并非第一人。中国汉代乐府"迢迢牵牛星，皎皎河汉女。纤纤擢素手，札札弄机杼。终日不成章，泣涕零如雨。河汉清且浅，相去复几许。盈盈一水间，脉脉不得语"，与之相比，用瑰丽的神话想象，将星星间的爱情具象化，将"彼此在遥遥相望，满怀着爱的伤痛"的情感描写得更加刻骨铭心，恐怕海涅见了，都会自愧不如吧。

秋日

[奥地利] 里尔克 北岛／译

主呵，是时候了。夏天盛极一时。

把你的阴影置于日晷上，

让风吹过牧场。

让枝头最后的果实饱满；

再给两天南方的好天气，

催它们成熟，把

最后的甘甜压进浓酒。

谁此时没有房子，就不必建造。

谁此时孤独，就永远孤独。

就醒来，读书，写长长的信，

在林荫路上不停地

徘徊，落叶纷飞。

里尔克（1875—1926）

奥地利作家，出生于布拉格，二十世纪德语世界最伟大的诗人之一，德语文学史上唯一堪与荷尔德林比肩的诗哲，对中国白话诗创作具有非常大的影响，一生创作了大量诗歌、散文、戏剧等作品。早期代表作为《生活与诗歌》（1894）、《梦幻》（1897）、《耶稣降临节》（1898）等；成熟期的代表作有《祈祷书》（1905）、《新诗集》（1907）、《新诗续集》（1908）及《杜伊诺哀歌》（1922）等。此外，里尔克还有日记体长篇小说《马尔特手记》。

译者北岛曾说："有时我琢磨，一首好诗如同天赐，恐怕连诗人也不知它来自何处。正是《秋日》这首诗，使里尔克成为二十世纪最伟大的诗人之一。"

不必笑中国古人伤春悲秋，对秋季的敏锐感受，看来是诗人共有的特质。诗人开篇直接对话上帝，抑或说，就是大自然的化身，盛夏已然过去，秋日来临，丰收的果实即将挂满枝头，岁月终究酿就醇厚的美酒——而人呢？心灵的状态揭示出生命的真相："谁此时没有房子，就不必建造。谁此时孤独，就

扫码收听

永远孤独。"对于诗人而言，灵魂永无归所，漂泊无依，孤独才是人生的最终本质，唯有漫步、读书、写作，在永恒的困惑与清醒交织之中，与时光抗衡。诗歌看似描写秋日景象，却在这一句陡然上升到哲学高度，成为终极超越的体验。而与之相媲美，中国当代诗人海子也有一首名为《秋》的诗歌："秋天深了，神的家中鹰在集合 / 神的故乡鹰在言语 / 秋天深了，王在写诗 / 在这个世界上秋天深了 / 该得到的尚未得到 / 该丧失的早已丧失"。其中传递的孤独感，也许里尔克深有共鸣。

当你老了

［爱尔兰］叶芝

袁可嘉＼译

当你老了，头白了，睡意昏沉，
炉火旁打盹，请取下这部诗歌，
慢慢读，回想你过去眼神的柔和，
回想它们昔日浓重的阴影；

多少人爱你青春欢畅的时辰，
爱慕你的美丽，假意或真心，
只有一个人爱你那朝圣者的灵魂，
爱你衰老了的脸上痛苦的皱纹；

垂下头来，在红光闪耀的炉子旁，

凄然地轻轻诉说那爱情的消逝，

在头顶的山上它缓缓踱着步子，

在一群星星中间隐藏着脸庞。

叶芝（1865—1939）

爱尔兰著名诗人、剧作家和散文家，1923年度诺贝尔文学奖得主。一生创作丰富，其诗吸收浪漫主义、唯美主义、神秘主义、象征主义和玄学诗的精华，几经变革，最终熔炼出独特的风格。其艺术探索被视为英语诗从传统到现代过渡的缩影。艾略特曾誉之为"二十世纪最伟大的英语诗人"。代表作品有《钟楼》《盘旋的楼梯》《驶向拜占庭》等。

袁可嘉（1921—2008）

浙江余姚（现属慈溪）人。九叶诗派诗人、翻译家。作品有《欧美现代派文学概论》《现代派论·英美诗论》等。其译作风格融翻译家、诗人和评论家三者神韵为一体，主张忠实地把原文的精神、风格、内容传达过来，宽严有度，不作绝对化的追求，在影响译文流畅或风格表现时，宁可在形式上做点让步。

扫码收听

　　这首诗是叶芝写给恋人、女演员茅德·冈的名作。叶芝对茅德·冈爱恋深沉，尽管多次被拒绝，仍反复真诚表达爱意，为此一直单身等待到五十二岁才结婚。虽然这是一段没有结果的爱情，但诗人却因此创作出了多篇享誉世界的爱情诗歌，《当你老了》则是其中的翘楚之作。

　　爱情，往往被认为是青春的颂歌，而青春，则是与美貌联系在一起的。从古至今，爱情诗绝大多数都是赞美年轻，赞美容颜。叶芝却反其道而行之，直接从老年切入，剥去浮华修饰，越过岁月年轮，揭示这样一个真理：唯有真正的爱情，才能抵御时光侵蚀、容颜衰老，才能突破凡俗表象，直抵灵魂。哲言说，没有什么经得住时间的磨砺。那么，能够经受时间考验的爱，才深刻隽永，历久弥新。水木年华在《一生有你》的歌中唱道："多少人曾爱慕你年轻时的容颜，可知谁愿承受岁月无情的变迁。多少人曾在你生命中来了又还，可知一生有你我都陪在你身边。"可以说，唱出了叶芝的心声。

你不快乐的每一天都不是你的

你不快乐的每一天都不是你的：
你只是虚度了它。无论你怎么活
只要不快乐，你就没有生活过。
夕阳倒映在水塘，
假如足以令你愉悦

［葡萄牙］佩索阿　姚风＼译

那么爱情，美酒，或者欢笑

便也无足轻重。

幸福的人，是他从微小的事物中

汲取到快乐，每一天都不拒绝

自然的馈赠！

费尔南多·佩索阿（1888—1935）

葡萄牙诗人、作家。曾在南非度过青少年时代，精通英语，有四部诗集是用英文写成。1905 年回里斯本上大学。1915 年曾和一些作家共同创办《奥尔甫斯》杂志。从此，葡萄牙文坛上出现了新的流派——现代主义。佩索阿是葡萄牙后期象征主义最重要的代表人物，他的诗作成为葡萄牙当代诗人仿效的楷模，被认为是葡萄牙继卡蒙斯之后的伟大诗人。代表作《使命》，有《作品全集》九卷。此外，还著有《美学及文学理论和评论集》（1967）和《哲学读本》（1968）。

姚风（1958—   ）

原名姚京明，诗人、翻译家。著有中葡文诗集《写在风的翅膀上》《一条地平线，两种风景》及译著《葡萄牙现代诗选》《澳门中葡诗歌选》等。曾获第十四届"柔刚诗歌奖"和葡萄牙总统颁授"圣地亚哥宝剑勋章"。

快乐，是极简单的，却也是最困难的。若能从世界的每一个细微之处，找到生命意义，不在意外在干扰，从心灵深处出发，自我满足，自我放松，便一定能找到快乐的价值。诗人甚

扫码收听

至直截了当地指出，不快乐的日子，等于虚度光阴，如同人没有真正地活过。有句话说，人与人的不同在于，你是真的活了一万多天，还是仅仅生活了一天，却重复了一万多次。正可以作为这首小诗的注脚。

中国的道家哲学，与此异曲同工。《列子·大瑞》篇中记载一个故事：孔子周游列国时，在泰山附近遇到一名叫荣启期的老人，衣衫简陋，却快乐地弹琴唱歌。孔子于是询问："老人家你为什么这么快乐呢？"荣启期回答道："我快乐的原因很多。天生万物，人最高贵，我能生而为人，这是第一值得快乐的。人的差别，男尊女卑，我又能生为男人，这是第二值得快乐的。人的寿命有长有短，有的婴儿刚出生就死了，而我已活到九十岁了，这是第三值得快乐的。贫困是读书人的寻常事情，死亡是人生的最终归宿，我安于贫困，等待死亡，还有什么可忧虑的呢？"荣启期的话，可谓真正领悟"快乐每一天"的真谛了。

人间晴暖

品神凝形释，行止自然，苦辣酸甜，尽是人间

致两儿：唯读书可变化气质

曾国藩

字谕纪泽、纪鸿儿：

今日专人送家信，甫经成行，又接王辉四等带来四月初十之信（尔与澄叔各一件），借悉一切。

尔近来写字，总失之薄弱，骨力不坚劲，墨气不丰腴，与尔身体向来轻字之弊正是一路毛病。尔当用油纸摹颜字之《郭家庙》、柳字之《琅琊碑》《玄秘塔》，以药其病。日日留心，专从厚重二字上用工。否则字质太薄，即体质亦因之更轻矣。

人之气质，由于天生，本难改变，唯读书则可变化气质。古之精相法者，并言读书可以变换骨相。欲求变之之法，总须先立坚卓之志。即以余生平言之，三十岁前最好吃烟，片刻不离，至道光壬寅十一月廿一日立志戒烟，至今不再吃。四十六岁以前做事无恒，近五年深以为戒，现在大小事均尚有恒。即此二端，可见无事不可变也。

尔于"厚重"二字，须立志变改。古称金丹换骨，余谓立志即丹也。满叔四信偶忘送，故特由驿补发。此嘱。涤生示。

曾国藩（1811—1872）

初名子城，谱名传豫，字伯涵，号涤生，清朝湖南长沙府湘乡（现属湖南省娄底市）人。中国近代政治家、军事家、理学家、文学家，与胡林翼并称"曾胡"，与李鸿章、左宗棠、张之洞合称"晚清四大名臣"。官至武英殿大学士、两江总督。同治年间封一等毅勇侯，谥号"文正"。曾国藩于古文、诗词也很有造诣，被奉为桐城派后期领袖。后人辑其所著诗、文、奏章、批牍等为《曾文正公全集》。

曾国藩，有着"近代第一完人"的美誉，不仅拥有政治家、军事家、学者等诸多头衔，生前功业显赫，在家庭中，也是好儿子、好丈夫、好兄长、好父亲，繁忙的征战、公务生涯，并未耽误对后代的教导，其子孙后代成材众多，绵延兴旺，成为近代至今著名的百年世家。

同治元年四月廿四日，即公元 1862 年公历 5 月，曾国藩正指挥军队与太平天国激烈交战。这封家书却看不出半点硝烟气息，而是写满了一位父亲对儿子语重心长的谆谆教诲。先是谈儿子字格轻浮，指出正是内在气质在书法上的表现，要求从"厚重"着手，临帖学字来根除这一毛病；然后，谈到人生气

扫码收听

质的问题，指出先天的本性并非不可改变，只有通过读书立志来实现，以自己戒烟、做事有恒两件事为例，说明一旦立下誓言，便毕生践行，就没有不成功的事业。

读书，不仅是曾国藩的教子之道，也是他一生孜孜不倦的追求。中国文人讲求"一等人忠臣孝子，两件事读书耕田"，将读书看得极其重要。这并不能仅仅看作是千年来科举制度"书中自有颜如玉，书中自有黄金屋"的诱惑，更多的，乃是在于儒家思想传承下文教兴盛的社会里，读书求知本身就是值得尊敬与推崇的事。曾国藩认为读书可以改变气质，无独有偶，英国大思想家培根在《谈读书》一文中也说过："读书使人充实……读史使人明智，读诗使人灵秀，数学使人周密，科学使人深刻，伦理学使人庄重，逻辑修辞之学使人善辩：凡有所学，皆成性格。"读书之用处，古今中外，同此道理。

给傅聪（节选）

傅雷

多少天的不安，好几夜三四点醒来睡不着觉，到今日才告一段落。你的第八信和第七信相隔整整一个月零三天。我常对你妈说："只要是孩子工作忙而没写信或者是信在路上丢了，倒也罢了。我只怕他用功过度，身体不舒服，或是病倒了。"

谢天谢地！你果然是为了太忙而少写信。别笑我们，尤其别笑你爸爸这么容易着急。这不是我能够克制的，天性所在，有什么办法？以后若是太忙，只要寥寥几行也可以，让我们知道你平安就好了。等到稍空时，再写长信，谈谈一切音乐和艺术的问题。

你为了俄国钢琴家兴奋得一晚睡不着觉；我们也常常为了些特殊的事而睡不着觉。神经锐敏的血统，都是一样的；所以我常常劝你尽量节制。那钢琴家是和你同一种气质的，有些话只能加增你的偏向。比如说每次练琴都要让整个人的感情激动。

我承认在某些浪漫性格，这是无可避免的。但"无可避免"并不一定就是艺术方面的理想；相反，有时反而是一个大累！为了艺术的修养，在感情过多的人还需要尽量自制。中国哲学的理想，佛教的理想，都是要能控制感情，而不是让感情控制。假如你能掀动听众的感情，使他们如醉如狂，哭笑无常，而你自己屹如泰山，像调度千军万马的大将军一样不动声色，那才是你最大的成功，才是到了艺术与人生的最高境界。

你该记得贝多芬的故事，有一回他弹完了琴，看见听的人都流着泪，他哈哈大笑道："嘿！你们都是傻子。"艺术是火，艺术家是不哭的。这当然不能一蹴即成，尤其是你，但不能不把这境界作为你终生努力的目标。罗曼·罗兰心目中的大艺术家，也是这一派。

关于这一点，最近几封信我常与你提到，你认为怎样？

我前响对恩德说："音乐主要是用你的脑子，把你朦朦胧胧的感情（对每一个乐曲，每一章，每一段的感情）分辨清楚，弄明白你的感觉究竟是怎么一回事；等到你弄明白了，你的境界十分明确了，然后你的技巧自会跟踪而来的。"你听听，这话不是和李赫特说的一模一样吗？我很高兴，我从一般艺术上了解的音乐问题，居然与专门音乐家的了解并无分别。

现在我深信这是一个魔障，凡是一天到晚闹技巧的，就是艺术工匠而不是艺术家。一个人跳不出这一关，一辈子也休想梦见艺术！艺术是目的，技巧是手段：老是只注意手段的人，必然会忘了他的目的。甚至一些有名的演奏家、演奏能手也犯的这个毛病，不过程度高一些而已。

傅雷（1908—1966）

字怒安，号怒庵，原江苏省南汇县（今属上海）人，著名翻译家、作家、教育家、美术评论家。早年留学法国巴黎大学。他翻译了大量的法文作品，其中包括巴尔扎克、罗曼·罗兰、伏尔泰等名家著作。"文革"中被迫害致死。傅雷一生嫉恶如仇，其翻译作品也是多以揭露社会弊病、描述人物奋斗抗争为主，比如《欧也妮·葛朗台》《高老头》《约翰·克利斯朵夫》等。傅雷对其子家教极严，而又父爱至深，其家书后由傅敏整理成《傅雷家书》，至今影响深远、广为流传。傅雷有两子傅聪、傅敏，傅聪为世界范围内享有盛誉的钢琴家，傅敏为英语教师。

艺术家拥有一颗比普通人更敏感细腻的心灵。傅雷、傅聪父子之间的家书，完美地印证了这一真理。傅雷循循善诱，从弹钢琴对乐曲的把握演绎程度入手，将艺术家对艺术的感受领悟力分为三个层次：第一是感性层次，简单的接触形成第一印象，完全由直觉造就认识；第二是理性层次，从客观的角度进行解剖分析，了解特点、规律等内在性质；第三是感情深入层次，在灵魂深处引发真正的共鸣，水乳交融，天人合一。而要达到最高级的第三层次，则必须依靠艺术家的真诚，真诚地对待世界，认识事物，感受人生。虚伪绝不可能造就神圣的艺术，正如演奏家绝不等于艺术家。不仅如此，傅雷还郑重告诫儿子，人生应当干干净净、表里如一，不在任何细节之处放松懈怠，以小见大，培养良好习惯，其实也是真诚无伪的表现。

　　一封封家书，不仅是父子间艺术心灵的对话，也是人生感悟的交流。傅雷一生追求真善美的境界，"文革"遭受迫害，与妻子决意离开人世之时，还担心惊扰邻居，特意在房间地板上垫上厚毯，才双双悬梁自尽。更令人感慨的是，在那个劫难的年代，一位名叫江小燕的普通女子，与傅雷夫妇素昧平生，因为敬仰大师的人格与艺术成就，冒着危险悄悄收藏其骨灰。直到改革开放，傅聪从英国归来，江小燕才将一切告知，而她没有接受傅聪任何感谢，只是默默听了一场傅聪的音乐会后，就悄然消失在人海中。"真诚是需要很大的勇气作后盾的"，诚哉此言。

给我的孩子们（节选）

丰子恺

我的孩子们！我憧憬于你们的生活，每天不止一次！我想委曲地说出来，使你们自己晓得。可惜到你们懂得我的话的意思的时候，你们将不复是可以使我憧憬的人了。这是何等可悲哀的事啊！

瞻瞻！你尤其可佩服。你是身心全部公开的真人。你什么事体都像拼命地用全副精力去对付。小小的失意，像花生米翻落地了，自己嚼了舌头了，小猫不肯吃糕了，你都要哭得嘴唇翻白，昏去一两分钟。

外婆普陀去烧香买回来给你的泥人，你何等鞠躬尽瘁地抱它，喂它；有一天你自己失手把它打破了，你的号哭的悲哀，比大人们的破产、失恋、丧考妣、全军覆没的悲哀都要真切。

两把芭蕉扇做的脚踏车，麻雀牌堆成的火车、汽车，你何等认真地看待，挺直了嗓子叫"汪——""咕咕咕……"，来代替汽笛。宝姊姊讲故事给你听，说到"月亮姊姊挂下一只篮来，宝姊姊坐在篮里吊了上去，瞻瞻在下面看"的时候，你何等激昂地同她争，说"瞻瞻要上去，宝姊姊在下面看！"甚至哭到漫姑面前去求审判。我每次剃了头，你真心地疑我变了和尚，好几时不要我抱。

最是今年夏天，你坐在我膝上发现了我腋下的长毛，当作黄鼠狼的时候，你何等伤心，你立刻从我身上爬下去，起初眼瞪瞪地对我端相，继而大失所望地号哭，看看，哭哭，如同对被判定了死罪的亲友一样。你要我抱你到车站里去，多多益善地要买香蕉，满满地擒了两手回来，回到门口时你已经熟睡在我的肩上，手里的香蕉不知落在哪里去了。这是何等可佩服的真率、自然与热情！大人间的所谓"沉默""含蓄""深刻"的美德，比起你来，全是不自然的、病的、伪的！

你们每天做火车、做汽车、办酒、请菩萨、堆六面画、唱歌，全是自动的，创造创作的生活。大人们的呼号"归自然！""生活的艺术化！""劳动的艺术化！"在你们面前真是出丑得很了！依样画几笔画，写几篇文的人称为艺术家、创作家，对你们更要愧死！

你们的创作力，比大人真是强盛得多哩：瞻瞻！你的身体不及椅子的一半，却常常要搬动它，与它一同翻倒在地上；你又要把一杯茶横转来藏在抽斗里，要皮球停在壁上，要拉住火车的尾巴，要月亮出来，要天停止下雨。在这等小小的事件中，明明表示着你们的弱小的体力与智力不足以应付强盛的创作欲、表现欲的驱使，因而遭逢失败。

然而，你们是不受大自然的支配，不受人类社会的束缚的创造者，所以你们的遭逢失败，例如火车尾巴拉不住，月亮呼不出来的时候，你们绝不承认是事实的不可能，总以为是爹爹妈妈不肯帮你们办到，同不许你们弄自鸣钟同例，所以愤愤地哭了，你们的世界何等广大！

丰子恺（1898—1975）

原名丰润，后改为子恺，浙江桐乡石门镇人。师从弘一法师（李叔同），以中西融合画法创作漫画以及散文而著名。现代漫画家、散文家、美术教育家和音乐教育家、翻译家，是一位多方面卓有成就的文艺大师。被国际友人誉为"现代中国最像艺术家的艺术家"。丰子恺的思想既有超尘出世、静观人生的一面，又有爱国忧民、面向现实的一面。他的漫画、书法自然潇洒，风韵别致，称誉艺坛。他的散文，先后结集出版的有《缘缘堂随笔》（1931）、《车厢社会》（1935）、《缘缘堂再笔》（1937）、《率真集》（1946）等。

为人父母的喜悦，是对生命由衷热爱的表现。这是《子恺画集》的代序，也是作者借以写给儿女的一封信。在信中，作者与儿女亲切交谈，把自己的内心世界和盘托出，传递着浓浓的父爱。在丰子恺的笔下，儿女天真无邪，活泼可爱，一举一动都透露着尚未被成人世俗浸染的童真。作者观察细致入微，用生动的笔，描绘下孩子们点点滴滴的生活，记录下孩子们纯真自然的语言，一笑一颦，或悲或喜，虽然自己作为一家之主的父亲，却全然没有家长制的威严，而是参与到孩子们的生命

扫码收听

中，平等对话，相伴成长。

　　一个"真"字，点明了全文主旨。丰子恺毫不掩饰地表达着对童真的推崇羡慕，对成人世界的批判厌憎。人总要长大，这是无可避免的事实。但成人的过程，却伴随着本性的压抑失落，童年那些"真率、自然与热情"的美好品德，最终在社会的打磨之下，变成"退缩、顺从、妥协、屈服起来，到像绵羊的地步"，既无可奈何，也极其悲哀。中国道家哲学认为，无论自然界还是人类，最高境界应当是"真"。《老子》"知其雄，守其雌，为天下溪。为天下溪，常德不离，复归于婴儿"，《庄子》"极物之真，能守其本"，无论"婴儿"还是"本"，都是事物的原初状态，未被污染的纯净面目。明代思想家李贽说："童心者，真心也。……若失却童心，便失却真心；失却真心，便失却真人。"丰子恺与孩子们的对话，也正是与自己内心灵魂的对话，不难看出，他是多么期冀自己能够摆脱虚与委蛇的成人俗世烦恼，回归童年时代，回归到人性与自然的纯真中去啊。

可爱的中国（节选）

方志敏

　　朋友！中国是生育我们的母亲。你们觉得这位母亲可爱吗？我想你们是和我一样的见解，都觉得这位母亲是蛮可爱蛮可爱的。

　　以言气候，中国处于温带，不十分热，也不十分冷，好像我们母亲的体温，不高不低，最适宜于孩儿们的偎依。

　　母亲，美丽的母亲，可爱的母亲。只因你受着人家的压榨和剥削，弄成贫穷已极。不但不能买一件新的好看的衣服把你自己装饰起来，甚至不能买块香皂将自己擦洗擦洗。这真是我们做孩子的不是了，简直连一位母亲都爱护不住了。

不错，目前的中国，固然是江山破碎，国弊民穷。但我们相信，中国一定有一个可赞美的光明前途。中国民族在很早以前，就造起了一座万里长城和开凿了几千里的运河，这就证明了中国民族伟大无比的创造力！中国在战斗之中一旦斩去了帝国主义的锁链，肃清自己阵营内的汉奸卖国贼，得到了自由与解放，那么，这种创造力，将会无限地发挥出来。

到那时，所有贫穷和灾荒，混乱和仇杀，饥饿和寒冷，疾病和瘟疫，迷信和愚昧，以及那慢性的杀灭中国民族的鸦片毒物，这些等等都是帝国主义带给我们的可憎的赠品，将来也要随着帝国主义被赶走而离去中国了。

朋友，我相信，到那时，到处都是活跃的创造，到处都是日新月异的进步，欢歌将代替悲叹，笑脸将代替哭脸，富裕将代替贫穷，康健将代替疾苦，智慧将代替愚昧，友爱将代替仇杀，生之快乐将代替死之悲哀，明媚的花园将代替凄凉的荒地！这时，我们民族就可以无愧色地站立在人类的面前，而生育我们的母亲，也会最美丽地装饰起来，与世界上各位母亲平等地携手了。这么光荣的一天，决不在辽远的将来，而在很近的将来，我们可以这样相信的，朋友！

不过，现在我是一个待决之囚，我虽然不能实际地为中国奋斗，为中国民族奋斗，但我的心总是日夜祷祝着中国民族从帝国主义羁绊之下解放出来之早日成功！

假如我还能生存，那我生存一天就要为中国呼喊一天；假如我不能生存——死了，我流血的地方，或者我瘗骨的地方，或许会长出一朵可爱的花来，这朵花你们就看作是我的精诚的寄托吧！在微风的吹拂中，如果那朵花是上下点头，那就可视为我对于为中国民族解放而奋斗的爱国志士们在致以热诚的敬礼；在微风的吹拂中，如果那朵花是左右摇摆，那就可视为我在提劲儿唱着革命之歌，鼓励战士们前进！

亲爱的朋友们，不要悲观，不要畏馁，要奋斗！为了我们伟大的可爱的中国，持久地、艰苦地奋斗吧！

方志敏（1899—1935）

江西省弋阳县人，无产阶级革命家，赣东北革命武装和根据地创建人之一，革命烈士。他把马克思主义与赣东北实际相结合，创造了一整套建党、建军和建立红色政权的经验，毛泽东称之为"方志敏式"根据地。1935 年因叛徒出卖被捕，在狱中坚贞不屈，写下了《可爱的中国》《狱中纪实》等不朽著作。1935 年 8 月 6 日于南昌英勇就义。

为信仰而死的人，活着的每一天都在向死而生。

1935 年 1 月 29 日，方志敏因叛徒出卖而被捕入狱。在狱中，尽管已知生之无望，但他却仍争分夺秒、以笔为枪，至其 8 月 6 日英勇就义，在狱中共写下了包括《可爱的中国》在内的十二篇著述，为革命留下了宝贵的精神财富。

本文节选了《可爱的中国》中最为深情而动人的一段，方志敏将中国比作"生育我们的母亲"，我们的中国母亲可爱、温柔而美丽，但却因为饱受压榨和剥削，而贫穷至极。作为中国母亲的孩子，又有什么理由不尽全力去爱护自己的母亲？

文中，方志敏满怀信心地以诗一般的语言，为我们描绘了他心中未来中国那"可赞美的光明前途"：

扫码收听

"到那时，到处都是活跃的创造，到处都是日新月异的进步，欢歌将代替悲叹，笑脸将代替哭脸，富裕将代替贫穷，康健将代替疾苦，智慧将代替愚昧，友爱将代替仇杀，生之快乐将代替死之悲哀，明媚的花园将代替凄凉的荒地！这时，我们民族就可以无愧色地站立在人类的面前，而生育我们的母亲，也会最美丽地装饰起来，与世界上各位母亲平等地携手了。"

而今，我们终于可以用今日中国告慰先烈的英灵。

而文中最为让人动容的一段，是方志敏以充满着浪漫主义情调的笔触去写自己的身后事：

"假如我不能生存——死了，我流血的地方，或者我瘗骨的地方，或许会长出一朵可爱的花来，这朵花你们就看作是我的精诚的寄托吧！在微风的吹拂中，如果那朵花是上下点头，那就可视为我对于为中国民族解放而奋斗的爱国志士们在致以热诚的敬礼；在微风的吹拂中，如果那朵花是左右摇摆，那就可视为我在提劲儿唱着革命之歌，鼓励战士们前进！"

明知将死，却不见一丝悲哀，唯有憧憬与信念，这，也许就是信仰的力量。

北京的春节（节选）

老舍

照北京的老规矩，春节差不多在腊月的初旬就开始了。"腊七腊八，冻死寒鸦"，这是一年里最冷的时候。在腊八这天，家家都熬腊八粥。粥是用各种米、各种豆，与各种干果熬成的。这不是粥，而是小型的农业展览会。

除此之外，这一天还要泡腊八蒜。把蒜瓣放进醋里，封起来，为过年吃饺子用。到年底，蒜泡得色如翡翠，醋也有了些辣味，色味双美，使人忍不住要多吃几个饺子。在北京，过年时，家家吃饺子。

孩子们准备过年，第一件大事就是买杂拌儿。这是用花生、胶枣、榛子、栗子等干果与蜜饯掺和成的。孩子们喜欢吃这些零七八碎儿。第二件大事就是买爆竹，特别是男孩子们。恐怕第三件事才是买各种玩意儿——风筝、空竹、口琴等。

孩子们欢喜，大人们也忙乱。他们必须预备过年吃的、喝的、穿的、用的，好在新年时显出万象更新的气象。

腊月二十三过小年，差不多就是过春节的"彩排"。天一擦黑，鞭炮响起来，便有了过年的味道。这一天，是要吃糖的，街上早有好多卖麦芽糖与江米糖的，糖形或为长方块或为瓜形，又甜又黏，小孩子们最喜欢。

过了二十三，大家更忙。必须大扫除一次，还要把肉、鸡、鱼、青菜、年糕什么的都预备充足——店铺多数正月初一到初五关门，到正月初六才开张。

除夕真热闹。家家赶做年菜，到处是酒肉的香味。男女老少都穿起新衣，门外贴上了红红的对联，屋里贴好了各色的年画。除夕夜家家灯火通宵，不许间断，鞭炮声日夜不绝。在外边做事的人，除非万不得已，必定赶回家来吃团圆饭。这一夜，除了很小的孩子，没有什么人睡觉，都要守岁。

正月初一的光景与除夕截然不同：铺户都上着板子，门前堆着昨夜燃放的爆竹纸皮，全城都在休息。

男人们午前到亲戚家、朋友家拜年。女人们在家中接待客人。城内城外许多寺院举办庙会，小贩们在庙外摆摊卖茶、食品和各种玩具。小孩子们特别爱逛庙会，为的是有机会到城外看看野景，可以骑毛驴，还能买到那些新年特有的玩具。庙会上有赛马的，还有赛骆驼的。这些比赛并不为争谁第一谁第二，而是在观众面前表演马、骆驼与骑者的美好姿态与娴熟技能。

多数铺户在正月初六开张，不过并不很忙，铺中的伙计们还可以轮流去逛庙会、逛天桥和听戏。

元宵上市，春节的又一个高潮到了。正月十五，处处张灯结彩，整条大街像是办喜事，红火而美丽。有名的老铺子都要挂出几百盏灯来，各形各色，有的一律是玻璃的，有的清一色是牛角的，有的都是纱灯，有的通通彩绘全部《红楼梦》或《水浒传》故事。这在当年，也是一种广告。灯一悬起，任何人都可以进到铺中参观。晚上灯中点上烛，观者就更多。

小孩子们买各种花炮燃放，即使不跑到街上去淘气，在家中照样能有声有光地玩耍。家中也有灯：走马灯、宫灯、各形各色的纸灯，还有纱灯，里面有小铃，到时候就叮叮地响。这一天大家还必须吃元宵呀！这的确是美好快乐的日子。

一眨眼，到了残灯末庙，春节在正月十九结束了。学生该去上学，大人又去照常做事。腊月和正月，在农村正是大家最闲的时候。过了灯节，天气转暖，大家就又去忙着干活了。北京虽是城市，可是它也跟着农村一齐过年，而且过得分外热闹。

老舍（1899—1966）

原名舒庆春，字舍予。满族，北京人。著名作家，杰出的语言大师，新中国第一位获得"人民艺术家"称号的作家。老舍代表作有小说《骆驼祥子》《四世同堂》《正红旗下》，剧本《茶馆》《龙须沟》等。在现代文学史上，老舍的名字总是与市民题材、北京题材密切联系在一起。他是一位杰出的风俗、世态（尤其是北京的风土人情）画家。他把历史和现实，从一年四季的自然景色、不同时代的社会气氛、风俗习惯，一直到三教九流各种人等的喜怒哀乐、微妙心态都结合浓缩在一起，有声有色、生动活泼，自成一个完整丰满、"京味"十足的世界。

　　春节，作为汉族最重要的传统节日，也是民俗文化的传承载体。老舍以一个地道北京人的身份，将北京的春节民俗用细致详实的笔法，一一绘声绘色地描述而出，自豪、喜爱之情不言而喻。从喝腊八粥，到摆货摊、买杂拌儿、贴春联、放爆竹、赶庙会、吃元宵、看灯会，一幅热闹繁华的北京春节生活画卷，在读者面前慢慢展开，让人仿佛走进画中，与北京人民一起，亲身体验和感受一把春节的喜庆。老舍由衷赞美新中国对国民的思想洗礼，春节过得更加快乐而健康。

　　作家梁实秋也有一篇《北平年景》，可与本文对照参看。

在梁实秋笔下，北京的春节是这样的："祭灶过后，年关在迩。家家忙着把锡香炉，锡蜡签，锡果盘，锡茶托，从蛛网尘封的箱子里取出来，作一年一度的大擦洗。……祭祖先是过年的高潮之一。祖先的影像悬挂在厅堂之上，都是七老八十的，有的撇嘴微笑，有的金刚怒目，在香烟缭绕之中，享用蒸烟，这时节孝子贤孙叩头如捣蒜……年菜是标准化了的，家家一律。人口旺的人家要进全猪，连下水带猪头，分别处理下咽。一锅炖肉，加上蘑菇是一碗，加上粉丝又是一碗，加上山药又是一碗，大盆的芥末墩儿，鱼冻儿，肉皮辣酱，成缸的大腌白菜，芥菜疙瘩——管够……过年则几乎家家开赌，推牌九、状元红、呼幺喝六，老少咸宜。……孩子们玩花炮是没有腻的。九隆斋的大花盒，七层的九层的，花样翻新，直把孩子看得瞪眼咋舌。冲天炮、二踢脚、太平花、飞天七响、炮打襄阳，还有我们自以为值得骄傲的可与火箭媲美的'旗火'，从除夕到天亮彻夜不绝。"与老舍相比，各有趣味。

宗月大师

老舍

在我小的时候，我因家贫而身体很弱。我九岁才入学。因家贫体弱，母亲有时候想教我去上学，又怕我受人家的欺侮，更因交不上学费，所以一直到九岁我还不识一个字。说不定，我会一辈子也得不到读书的机会。因为母亲虽然知道读书的重要，可是每月间三四吊钱的学费，实在让她为难。

母亲是最喜脸面的人。她迟疑不决，光阴又不等待着任何人，荒来荒去，我也许就长到十多岁了。一个十多岁的贫而不识字的孩子，很自然地去做个小买卖——弄个小筐，卖些花生、煮豌豆、或樱桃什么的。要不然就是去学徒。母亲很爱我，但是假若我能去作学徒，或提篮沿街卖樱桃而每天赚几百钱，她或者就不会坚决地反对。穷困比爱心更有力量。

有一天刘大叔偶然地来了。我说"偶然地"，因为他不常来看我们。他是个极富的人，尽管他心中并无贫富之别，可是他的财富使他终日不得闲，几乎没有工夫来看穷朋友。一进门，他看见了我。"孩子几岁了？上学没有？"他问我的母亲。他的声音是那么洪亮，（在酒后，他常以学喊俞振庭的《金钱豹》自傲），他的衣服是那么华丽，他的眼是那么亮，他的脸和手是那么白嫩肥胖，使我感到我大概是犯了什么罪。我们的小屋，破桌凳，土炕，几乎禁不住他的声音的震动。等我母亲回答完，刘大叔马上决定："明天早上我来，带他上学，学钱、书籍，大姐你都不必管！"我的心跳起多高，谁知道上学是怎么一回事呢！

第二天，我像一条不体面的小狗似的，随着这位阔人去入学。学校是一家改良私塾，在离我的家有半里多地的一座道士庙里。庙不甚大，而充满了各种气味：一进山门先有一股大烟味，紧跟着便是糖精味（有一家熬制糖球糖块的作坊），再往里，是厕所味，与别的臭味。学校是在大殿里。大殿两旁的小屋住着道士，和道士的家眷。

大殿里很黑、很冷。神像都用黄布挡着，供桌上摆着孔圣人的牌位。学生都面朝西坐着，一共有三十来人。西墙上有一块黑板——这是"改良"私塾。老师姓李，一位极死板而极有爱心的中年人。刘大叔和李老师"嚷"了一顿，而后教我拜圣人及老师。老师给了我一本《地球韵言》和一本《三字经》。我于是，就变成了学生。

自从作了学生以后，我时常地到刘大叔的家中去。他的宅子有两个大院子，院中几十间房屋都是出廊的。院后，还有一座相当大的花园。宅子的左右前后全是他的房屋，若是把那些房子齐齐地排起来，可以占半条大街。此外，他还有几处铺店。每逢我去，他必招呼我吃饭，或给我一些我没有看见过的点心。他绝不以我为一个苦孩子而冷淡我，他是阔大爷，但是他不以富傲人。

在我由私塾转入公立学校去的时候，刘大叔又来帮忙。这时候，他的财产已大半出了手。他是阔大爷，他只懂得花钱，而不知道计算。人们吃他，他甘心教他们吃；人们骗他，他付之一笑。他的财产有一部分是卖掉的，也有一部分是被人骗了去的。他不管；他的笑声照旧是洪亮的。

到我在中学毕业的时候，他已一贫如洗，什么财产也没有了，只剩了那个后花园。不过，在这个时候，假若他肯用用心思，去调整他的产业，他还能有办法教自己丰衣足食，因为他的好多财产是被人家骗了去的。可是，他不肯去请律师。贫与富在他心中是完全一样的。假若在这时候，他要是不再随便花钱，他至少可以保住那座花园，和城外的地产。可是，他好善。尽管他自己的儿女受着饥寒，尽管他自己受尽折磨，他还是去办贫儿学校、粥厂等等慈善事业。他忘了自己。

就是在这个时候，我和他过往的最密。他办贫儿学校，我去做义务教师。他施舍粮米，我去帮忙调查及散放。在我的心里，我很明白：放粮放钱不过只是延长贫民的受苦难的日期，而不足以阻拦住死亡。但是，看刘大叔那么热心，那么真诚，我就顾不得和他辩论，而只好也出点力了。即使我和他辩论，我也不会得胜，人情是往往能战败理智的。

在我出国以前，刘大叔的儿子死了。而后，他的花园也出了手。他入庙为僧，夫人与小姐入庵为尼。由他的性格来说，他似乎势必走入避世学禅的一途。但是由他的生活习惯上来说，大家总以为他不过能念念经、布施布施僧道而已，而绝对不会受戒出家。他居然出了家。在以前，他吃的是山珍海味，穿的是绫罗绸缎。他也嫖也赌。现在，他每日一餐，入秋还穿着件夏布道袍。这样苦修，他的脸上还是红红的，笑声还是洪亮的。对佛学，他有多么深的认识，我不敢说。我却真知道他是个好和尚，他知道一点便去做一点，能做一点便做一点。他的学问也许不高，但是他所知道的都能见诸实行。

出家以后，他不久就做了一座大寺的方丈。可是没有好久就被驱除出来。他是要做真和尚，所以他不惜变卖庙产去救济苦人。庙里不要这种方丈。一般地说，方丈的责任是要扩充庙产，而不是救苦救难的。离开大寺，他到一座没有任何产业的庙里做方丈。他自己既没有钱，他还须天天为僧众们找到斋吃。同时，他还举办粥厂等等慈善事业。他穷，他忙，他每日只进一顿简单的素餐，可是他的笑声还是那么洪亮。

他的庙里不应佛事，赶到有人来请，他便领着僧众给人家去哗真经，不要报酬。他整天不在庙里，但是他并没忘了修持；他持戒越来越严，对经义也深有所获。他白天在各处筹钱办事，晚间在小室里作工夫。谁见到这位破和尚也不曾想到他曾是个在金子里长起来的阔大爷。

去年，有一天他正给一位圆寂了的和尚念经，他忽然闭上了眼，就坐化了。火葬后，人们在他的身上发现许多舍利。

没有他，我也许一辈子也不会入学读书。没有他，我也许永远想不起帮助别人有什么乐趣与意义。他是不是真的成了佛？我不知道。但是，我的确相信他的居心与言行是与佛相近似的。我在精神上物质上都受过他的好处，现在我的确愿意他真的成了佛，并且盼望他以佛心引领我向善，正像在三十五年前，他拉着我去入私塾那样！

　　他是宗月大师。

一个人，该以怎样的笔墨去书写一位影响改变了自己一生品格、命运的人？

　　老舍先生给我们的答案是——节制。

　　如果说老舍一生中对他精神品格的养成影响最大的人首先是他的母亲的话，那么第二个人应该就是宗月大师了。如果没有宗月大师，老舍的命运也许便与那个时代无数"贫而不识字"的孩子一样，做些沿街叫卖的小生意，或者早早地去学徒，一辈子在底层挣扎，活成了另一个"祥子"也未可知。而老舍却无疑是幸运的，他的命运因为"刘大叔"的"偶然"造访被彻底改变了。

　　然而，即便如此，老舍在这篇文章中却从始至终保持着语言的节制，他似乎只在平静地叙事，叙述"刘大叔"如何"偶然"造访，如何"富"，如何把"我"领入私塾，如何"不以我为一个苦孩子而冷淡我"……可就在这些看似平静的叙事中，文中内蕴的情感却一点点地在升温。当我们读到"人们吃他，他甘心教他们吃；人们骗他，他付之一笑。他的财产有一部分是卖掉的，也有一部分是被人骗了去的。他不管；他的笑声照旧是洪亮的"，我们的心不由得为之一颤，这是怎样的胸怀气度

扫码收听

才能对万贯家财不屑一顾，对世间的欺骗背叛都付之一笑，还要笑得洪亮？再读到"在我出国以前，刘大叔的儿子死了。而后，他的花园也出了手。他入庙为僧，夫人与小姐入庵为尼"，一个一心向善之人，却落得人亡、家破、全家遁入空门的境遇，读来一句一惊心，但老舍写来却全无一丝渲染，而只是说为僧后的他"脸上还是红红的，笑声还是洪亮的"。进而再写到他出家后持戒苦修，以无我之境全身心救苦救难，老舍也只是一句"他穷，他忙，他每日只进一顿简单的素餐，可是他的笑声还是那么洪亮"。三次"洪亮的笑声"，笔墨极简，全无渲染，但其背后蕴含的对宗月大师人格的敬仰却渐趋浓厚，宗月大师对作者而言也不再只是引他入学堂的恩人，更是引领他一生向善的精神导师。"他知道一点便去做一点，能做一点便做一点"，这不也正是老舍一生纯真赤诚的体现吗？老舍挚友萧伯青在听了宗月大师的事迹后脱口而出："老舍先生就是宗月大师。"

"我在精神上物质上都受过他的好处，现在我的确愿意他真的成了佛，并且盼望他以佛心引领我向善，正像在三十五年前，他拉着我去入私塾那样！"同样平静的收尾，敬意与深情化成了美好的祝愿，将向善之心传承，才是对宗月大师最好的怀念。

我的母亲

老舍

母亲的娘家是北平德胜门外，土城儿外边，通大钟寺的大路上的一个小村里。村里一共有四五家人家，都姓马。大家都种点不十分肥美的地，但是与我同辈的兄弟们，也有当兵的，做木匠的，做泥水匠的，和当巡警的。他们虽然是农家，却养不起牛马，人手不够的时候，妇女便也须下地做活。

对于姥姥家，我只知道上述的一点。外公外婆是什么样子，我就不知道了，因为他们早已去世。至于更远的族系与家史，就更不晓得了；穷人只能顾眼前的衣食，没有功夫谈论什么过去的光荣；"家谱"这字眼，我在幼年就根本没有听说过。

母亲生在农家，所以勤俭诚实，身体也好。这一点事实却极重要，因为假若我没有这样的一位母亲，我以为我恐怕也就要大大地打个折扣了。

母亲出嫁大概是很早，因为我的大姐现在已是六十多岁的老太婆，而我的大外甥女还长我一岁啊。我有三个哥哥，四个姐姐，但能长大成人的，只有大姐、二姐、三姐、三哥与我。我是"老"儿子。生我的时候，母亲已有四十一岁，大姐二姐已都出了阁。

由大姐与二姐所嫁入的家庭来推断，在我生下之前，我的家里，大概还马马虎虎地过得去。那时候定婚讲究门当户对，而大姐丈是做小官的，二姐丈也开过一间酒馆，他们都是相当体面的人。

可是，我，我给家庭带来了不幸：我生下来，母亲晕过去半夜，才睁眼看见她的老儿子——感谢大姐，把我揣在怀中，致未冻死。

一岁半，我把父亲"克"死了。

兄不到十岁，三姐十二三岁，我才一岁半，全仗母亲独力抚养了。父亲的寡姐跟我们一块儿住，她吸鸦片，她喜摸纸牌，她的脾气极坏。为我们的衣食，母亲要给人家洗衣服，缝补或裁缝衣裳。在我的记忆中，她的手终年是鲜红微肿的。白天，她洗衣服，洗一两大绿瓦盆。她做事永远丝毫也不敷衍，就是屠户们送来的黑如铁的布袜，她也给洗得雪白。晚间，她与三姐抱着一盏油灯，还要缝补衣服，一直到半夜。她终年没有休息，可是在忙碌中她还把院子屋中收拾得清清爽爽。桌椅都是旧的，柜门的铜活久已残缺不全，可是她的手老使破桌面上没有尘土，残破的铜活发着光。院中，父亲遗留下的几盆石榴与夹竹桃，永远会得到应有的浇灌与爱护，年年夏天开许多花。

哥哥似乎没有同我玩耍过。有时候，他去读书；有时候，他去学徒；有时候，他也去卖花生或樱桃之类的小东西。母亲含着泪把他送走，不到两天，又含着泪接他回来。我不明白这都是什么事，而只觉得与他很生疏。与母亲相依为命的是我与三姐。因此，她们做事，我老在后面跟着。她们浇花，我也张罗着取水；她们扫地，我就撮土……从这里，我学得了爱花，爱清洁，守秩序。这些习惯至今还被我保存着。

有客人来，无论手中怎么窘，母亲也要设法弄一点东西去款待。舅父与表哥们往往是自己掏钱买酒肉食。这使她脸上羞得飞红，可是殷勤地给他们温酒做面，又给她一些喜悦。遇上亲友家中有喜丧事，母亲必把大褂洗得干干净净，亲自去贺吊——份礼也许只是两吊小钱。到如今如我的好客的习性，还未全改，尽管生活是这么清苦，因为自幼儿看惯了的事情是不易改掉的。

姑母常闹脾气。她单在鸡蛋里挑骨头。她是我家中的阎王。直到我入了中学，她才死去，我可是没有看见母亲反抗过。"没受过婆婆的气，还不受大姑子的吗？命当如此！"母亲在非解释一下不足以平服别人的时候，才这样说。是的，命当如此。母亲活到老，穷到老，辛苦到老，全是命当如此。她最会吃亏。给亲友邻居帮忙，她总跑在前面：她会给婴儿洗三——穷朋友们可以因此少花一笔"请姥姥"钱——她会刮痧，她会给孩子们剃头，她会给少妇们绞脸……凡是她能做的，都有求必应。但是吵嘴打架，永远没有她。她宁吃亏，不逗气。当姑母死去的时候，母亲似乎把一世的委屈都哭了出来，一直哭到坟地。不知道哪里来的一位侄子，声称有承继权，母亲便一声不响，教他搬走那些破桌子烂板凳，而且把姑母养的一只肥母鸡也送给他。

可是，母亲并不软弱。父亲死在庚子闹"拳"的那一年。

联军入城，挨家搜索财物鸡鸭，我们被搜两次。母亲拉着哥哥与三姐坐在墙根，等着"鬼子"进门，街门是开着的。"鬼子"进门，一刺刀先把老黄狗刺死，而后入室搜索。他们走后，母亲把破衣箱搬起，才发现了我。假若箱子不空，我早就被压死了。皇上跑了，丈夫死了，鬼子来了，满城是血光火焰，可是母亲不怕，她要在刺刀下，饥荒中，保护着儿女。北平有多少变乱啊，有时候兵变了，街市整条地烧起，火团落在我们院中。有时候内战了，城门紧闭，铺店关门，昼夜响着枪炮。这惊恐，这紧张，再加上一家饮食的筹划，儿女安全的顾虑，岂是一个软弱的老寡妇所能受得起的？可是，在这种时候，母亲的心横起来，她不慌不哭，要从无办法中想出办法来。她的泪会往心中落！这点软而硬的个性，也传给了我。我对一切人与事，都取和平的态度，把吃亏看作当然的。但是，在做人上，我有一定的宗旨与基本的法则，什么事都可将就，而不能超过自己划好的界限。我怕见生人，怕办杂事，怕出头露面；但是到了非我去不可的时候，我便不敢不去，正像我的母亲。从私塾到小学，到中学，我经历过起码有二十位教师吧，其中有给我很大影响的，也有毫无影响的，但是我的真正的教师，把性格传给我的，是我的母亲。母亲并不识字，她给我的是生命的教育。

当我在小学毕了业的时候，亲友一致地愿意我去学手艺，好帮助母亲。我晓得我应当去找饭吃，以减轻母亲的勤劳困苦。可是，我也愿意升学。我偷偷地考入了师范学校——制服、饭食、书籍、宿处，都由学校供给。只有这样，我才敢对母亲说升学的话。入学，要交十元的保证金。这是一笔巨款！母亲作了半个月的难，把这巨款筹到，而后含泪把我送出门去。她不辞劳苦，只要儿子有出息。当我由师范毕业，而被派为小学校校长，母亲与我都一夜不曾合眼。我只说了句："以后，您可以歇一歇了！"她的回答只有一串串的眼泪。我入学之后，三姐结了婚。母亲对儿女是都一样疼爱的，但是假若她也有点偏爱的话，她应当偏爱三姐，因为自父亲死后，家中一切的事情都是母亲和三姐共同撑持的。三姐是母亲的右手。但是母亲知道这右手必须割去，她不能为自己的便利而耽误了女儿的青春。当花轿来到我们的破门外的时候，母亲的手就和冰一样的凉，脸上没有血色——那是阴历四月，天气很暖。大家都怕她晕过去。可是，她挣扎着，咬着嘴唇，手扶着门框，看花轿徐徐地走去。不久，姑母死了。三姐已出嫁，哥哥不在家，我又住学校，家中只剩母亲自己。她还须自晓至晚地操作，可是终日没人和她说一句话。新年到了，正赶上政府倡用阳历，不许过旧年。除夕，我请了两小时的假。由拥挤不堪的街市回到清炉冷灶的家中。母亲笑了。及至听说我还须回校，她愣住了。半天，她才叹出一口气来。到我该走的时候，她递给我一些花生，"去吧，小子！"街上是那么热闹，我却什么也没看见，泪遮迷了我的眼。今天，泪又遮住了我的眼，又想起当日孤独地过那凄惨的除夕的慈母。可是慈母不会再候盼着我了，她已入了土！

儿女的生命是不依顺着父母所设下的轨道一直前进的，所以老人总免不了伤心。我二十三岁，母亲要我结了婚，我不要。我请来三姐给我说情，老母含泪点了头。我爱母亲，但是我给了她最大的打击。时代使我成为逆子。二十七岁，我上了英国。为了自己，我给六十多岁的老母以第二次打击。在她七十大寿的那一天，我还远在异域。那天，据姐姐们后来告诉我，老太太只喝了两口酒，很早地便睡下。她想念她的幼子，而不便说出来。

"七七"抗战后，我由济南逃出来。北平又像庚子那年似的被鬼子占据了，可是母亲日夜惦念的幼子却跑西南来。母亲怎样想念我，我可以想象得到，可是我不能回去。每逢接到家信，我总不敢马上拆看，我怕，怕，怕，怕有那不祥的消息。人，即使活到八九十岁，有母亲便可以多少还有点孩子气。失了慈母便像花插在瓶子里，虽然还有色有香，却失去了根。有母亲的人，心里是安定的。我怕，怕，怕家信中带来不好的消息，告诉我已是失了根的花草。

去年一年，我在家信中找不到关于老母的起居情况。我疑虑，害怕。我想象得到，如有不幸，家中念我流亡孤苦，或不忍相告。母亲的生日是在九月，我在八月半写去祝寿的信，算计着会在寿日之前到达。信中嘱咐千万把寿日的详情写来，使我不再疑虑。十二月二十六日，由文化劳军的大会上回来，我接到家信。我不敢拆读。就寝前，我拆开信，母亲已去世一年了！

生命是母亲给我的。我之能长大成人，是母亲的血汗灌养的。我之能成为一个不十分坏的人，是母亲感化的。我的性格、习惯，是母亲传给的。她一世未曾享过一天福，临死还吃的是粗粮。唉！还说什么呢？心痛！心痛！

老舍在其散文名篇《想北平》中曾写下过这样的文字：
"我爱我的母亲。怎样爱？我说不出。在我想做一件讨她老人家喜欢的事情的时候，我独自微微地笑着；在我想到她的健康而不放心的时候，我欲落泪。"《想北平》这篇文章写于1936年，那时老舍的母亲独居北平，而老舍在青岛任教，想北平亦是想母亲。然而，想要真正理解老舍对母亲的这份情到底有多深，却不能不去读这篇《我的母亲》。

在这篇文章中，老舍用最平实的语言讲述了母亲如何凭借着自己的勤劳与坚韧拉扯着孩子们熬过那艰难的岁月，而在那艰难日子里母亲依然保有的善良宽容和乐于助人的精神深深地影响着老舍的性情。老舍的一生勤勤恳恳、宽和诚挚，但却时刻坚守为人处世的底线、骨子里从不失宁折不弯的硬气。而这一切都是母亲所赐，"母亲给我的是生命的教育"这一句中不仅饱含着老舍对母亲至高的评价，更浸透着一个儿子对母亲的无以言表的感激。

文章中字里行间又无不流露出一个儿子对母亲的疼惜。三

扫码收听

姐出嫁、姑母去世、"我"亦离家，老舍对母亲晚年的孤独与对儿女的思念难耐感同身受。除夕夜他赶回家时母亲的笑，与得知只能短暂团聚后母亲的愣与那半晌后的叹息，深深地触痛着儿子的内心，也牵扯出儿子内心深深的愧疚与悔恨。情到深处似乎唯有直抒胸臆式的表达才能将情绪淋漓尽致地展现，老舍的这"怕"不知会牵起多少儿女对父母的眷恋与记挂："人，即使活到八九十岁，有母亲便可以多少还有点孩子气。失了慈母便像花插在瓶子里，虽然还有色有香，却失去了根。有母亲的人，心里是安定的。我怕，怕，怕家信中带来不好的消息，告诉我已是失了根的花草。"多么朴实的语言，却又传达出多么真挚的情意。而文章的最后一句"唉！还说什么呢？心痛！心痛！"更是以最直白简朴的重复，表现出作者无以言表又难以尽述的内疚之情和无从说起又没齿难忘的教养之恩。

情到深处自然浓，因为有了那份情，则文字越是质朴，才越有味道。

她那么看过我

老舍

人是为明天活着的，因为记忆中有朝阳晓露。假若过去的早晨都似地狱那么黑暗丑恶，盼明天干吗呢？是的，记忆中也有痛苦危险，可是希望会把过去的恐怖裹上一层糖衣，像看着一出悲剧似的，苦中有些甜美。无论怎么说吧，过去的一切都不可移动；实在，所以可靠；明天的渺茫全仗昨天的实在撑持着，新梦是旧事的拆洗缝补。

对了，我记得她的眼。她死了好多年了，她的眼还活着，在我的心里。这对眼睛替我看守着爱情。当我忙得忘了许多事，甚至于忘了她：这两只眼会忽然在一朵云中，或一汪水里，或一瓣花上，或一线光中，轻轻地一闪，像归燕的翅儿，只需一闪，我便感到无限的春光。我立刻就回到那梦境中，哪一件小事都凄凉，甜美，如同独自在春月下踏着落花。

这双眼所引起的一点爱火，只是极纯的一个小火苗，像心中的一点晚霞，晚霞的结晶。它可以烧明了流水远山，照明了春花秋叶，给海浪一些金光，可是它恰好地也能在我心中，照明了我的泪珠。

它们只有两个神情：一个是凝视，极短极快，可是千真万确的是凝视。只微微地一看，就看到我的灵魂，把一切都无声地告诉给了我。凝视，一点也不错，我知道她只需极短极快地一看，看的动作过去了，极快地过去了，可是，她心里看着我呢，不定看多么久呢；我到底得管这叫作凝视，不论它是多么快，多么短。一切的诗文都用不着，这一眼便道尽了"爱"所会说的与所会做的。另一个是眼珠横着一移动，由微笑移动到微笑里去，在处女的尊严中笑出一点点被爱逗出的轻佻，由热情中笑出一点点无法抑制的高兴。

我没和她说过一句话，没握过一次手，见面连点头都不点。可是我的一切，她知道，她的一切，我知道。我们用不着看彼此的服装，用不着打听彼此的身世，我们一眼看到一粒珍珠，藏在彼此的心里；这一点点便是我们的一切，那些七零八碎的东西都是配搭，都无须注意。看我一眼，她低着头轻快地走过去，把一点微笑留在她身后的空气中，像太阳落后还留下一些明霞。

我们彼此躲避着，同时彼此愿马上搂抱在一处。我们轻轻地哀叹；忽然遇见了，那么凝视一下，登时欢喜起来，身上像减了分量，每一步都走得轻快有力，像要跳起来的样子。

我们极愿意说一句话，可是我们很怕交谈，说什么呢？哪一个日常的俗字能道出我们的心事呢？让我们不开口，永不开口吧！我们的对视与微笑是永生的，是完全的，其余的一切都是破碎微弱，不值得一提的。

我们分离有许多年了，她还是那么秀美，那么多情。在我的心里，她将永远不老，永远只向我一个人微笑。在我的梦中，我常常看见她，一个甜美的梦是最真实，最纯洁，最完美的。多少人生中的小困苦小折磨使我丧气，使我轻看生命。可是，那个微笑与眼神忽然从哪儿飞来，我想起唯有"人面桃花相映红"方可比拟的一点心情与境界，我忘了困苦，我不再丧气，我恢复了青春；无疑的，我在她的洁白的梦中，必定还是个美少年啊！

春在燕的翅上，把春光颤得更明了一些，同样，我的青春在她的眼里，永远使我的血温暖，像土中的一颗籽粒，永远想发出一颗小小的绿芽。一粒小豆那么小的一点爱情，眼珠一移，嘴唇一动，日月都没有了作用，到无论什么时候，我们总是一对刚开开的春花。

　　不要再说什么，不要再说什么！我的烦恼也是香甜的啊，因为她那么看过我。

据说，老舍此文是纪念幼年的一位玩伴。有人说即是资助老舍读书的宗月大师的女儿，此女后来出家为尼，没有作者的亲口承认，也只好姑妄言之姑妄听之。不管如何，一段难以忘怀的爱情经历，与情人的双眸，永远印在了作家心底，以至于多年以后，仍然痴情不改写下刻骨铭心的文字。

　　常言道，眼睛是心灵的窗户。老舍从这扇窗户进入，打开记忆中关于爱人的印记，回顾往事的一点一滴，点燃心中长久不灭的爱火。爱人的眼，灵动而秀美，温柔而多情；爱人的

一　　二

扫码收听

微笑，甜蜜而欢喜，纯洁而真诚。在爱人面前，作者愿意让自己卑微到尘土，只为找寻到那一丝彼此相恋的默契。爱情是如此神圣，无须语言，无须动作，无论处于怎样困苦的境地，也能给人以希望、勇气和青春。文中使用了大量的比喻，灵活生动，将爱情的甜美滋味形象地展示，如春，如梦，如珍珠，如绿芽，这些人世间最美好最珍贵的事物，让沉醉于爱河的人，忘记烦恼忧愁，久久品尝着爱的喜悦。

谈读书

老舍

我有个很大的毛病：读书不求甚解。

从前看过的书，十之八九都不记得；我每每归过于记忆力不强，其实是因为阅读时马马虎虎，自然随看随忘。这叫我吃了亏——光翻动了书页，而没吸收到应得的营养，好似把好食品用凉水冲下去，没有细细咀嚼。因此，有人问我读过某部好书没有，我虽读过，也不敢点头，怕人家追问下去，无辞以答。这是个毛病，应当矫正！丢脸倒是小事，白费了时光实在可惜！

矫正之法有二：一曰随读随做笔记。这不仅大有助于记忆，而且是自己考试自己，看看到底有何心得。我曾这么办过，确有好处。不管自己的了解正确与否，意见成熟与否，反正写过笔记必得到较深的印象。及至日子长了，读书多了，再翻翻旧笔记看一看，就能发现昔非而今是，看法不同，有了进步。可惜，我没有坚持下去，所以有许多读过的著作都忘得一干二净。既然忘掉，当然说不上什么心得与收获，浪费了时间！

第二个办法是：读了一本文艺作品，或同一作家的几本作品，最好找些有关这些作品的研究、评论等著述来读。也应读一读这个作家的传记。这实在有好处。这会使我们把文艺作品和文艺理论结合起来，把作品与作家结合起来，引起研究兴趣，尽管我们并不想做专家。有了这点兴趣，用不着说，会使我们对那些作品与那个作家得到更深刻的了解，吸取更多的营养。孤立地读一本作品，我们多半是凭个人的喜恶去评断，自己所喜则捧入云霄，自己所恶则弃如粪土。事实上，这未必正确。及至读了有关这本作品的一些著述，我们就会发现自己的错误。这并不是说我们应该采取人云亦云的态度，不便自作主张。不是的。这是说，我们看了别人的意见，会重新去想一想。这么再想一想便大有好处。至少它会使我们不完全凭感情去判断，减少了偏见。去掉偏见，我们才能够吸收营养，扔掉糟粕——个人感情上所喜爱的那些未必不正是糟粕。

在我年轻的时候，我极喜读英国大小说家狄更斯的作品，爱不释手。我初习写作，也有些效仿他。他的伟大究竟在哪里？我不知道。我只学来些要字眼儿、故意逗笑等等"窍门"，扬扬得意。后来，读了些狄更斯研究之类的著作，我才晓得原来我所摹拟的正是那个大作家的短处。他之所以不朽并不在乎他会故意逗笑——假若他能够控制自己，减少些绕着弯子逗笑儿，他会更伟大！特别使我高兴的是近几年来看到些以马克思主义文艺观点写成的评论。这些评论是以科学的分析方法把狄更斯和别的名家安放在文学史中最合适的地位，既说明他们的所以伟大，也指出他们的局限与缺点。他们仍然是些了不起的巨人，但不再是完美无缺的神像。这使我不再迷信，多么好啊！是的，有关于大作家的著作有很多，我们读不过来，其中某些旧作读了也不见得有好处。读那些新的吧。

真的，假若（还暂以狄更斯为例）我们选读了他的两三本代表作，又去读一本或两本他的传记，又去读几篇近年来发表的对他的评论，我们对于他一定会得到些正确的了解，从而取精去粗地吸收营养。这样，我们的学习便较比深入、细致，逐渐丰富我们的文学修养。这当然需要时间，可是细嚼烂咽总比囫囵吞枣强得多。

此外，我想因地制宜，各处都成立几个人的读书小组，约定时间举行座谈，交换意见，必有好处。我们必须多读书，可是工作又很忙，不易博览群书。假若有读书小组呢，就可以各将所得，告诉别人；或同读一书，各抒己见；或一人读《红楼梦》，另一人读《曹雪芹传》，另一人读《红楼梦研究》，而后座谈，献宝取经。我想这该是个不错的方法，何妨试试呢。

"好读书，不求甚解"，出自陶渊明的《五柳先生传》，原意其实带有道家哲学的自由随性色彩，后来就用作了对读书不认真不透彻的批评之义。身为大作家的老舍，大胆承认自己的不足，与作者坦诚交流读书心得，难能可贵，不愧是人民艺术家。

　　读书千古事，得失寸心知。老舍看清了读书人容易犯的毛病，也给出了改进的办法，一是做笔记，二是对照阅读，三是成立读书小组彼此互补，可以说，都是有着切身体会的肺腑之言，相信按照这些办法去阅读，必能有所成就。古今中外，名

扫码收听

人伟人，莫不以读书为第一要事。杜甫诗云"读书破万卷，下笔如有神"；朱熹说"读书之法，在循序渐进，熟读而精思"；曾国藩坚持"一书未完，不看他书"；毛泽东毕生遵守老师徐特立的教诲"不动笔墨不读书"；鲁迅先生指出，读书要"自己思索，自己做主"……丽江古城耸立着一座牌坊，牌坊上有四个字"天雨流芳"，去过的人都知道，这其实不是赞美丽江的景色，而是明朝统治当地的木氏土司，用纳西族语言的汉字谐音，写下的对子孙后代的忠告——"且去读书"。

云南看云（节选）

云南是因云而得名的，可是外省人到了云南一年半载后，一定会和本地人差不多，对于云南的云，除了只能从它变化上得到一点晴雨知识，就再也不会单纯地来欣赏它的美丽了。

看过卢锡麟先生的摄影后，必有许多人方俨然重新觉醒，明白自己是生在云南，或住在云南。云南特点之一，就是天上的云变化得出奇。尤其是傍晚时候，云的颜色，云的形状，云的风度，实在动人。

战争给了许多人一种有关生活的教育，走了许多路，过了许多桥，睡了许多床，此外还必然吃了许多想象不到的苦头。然而真正具有深刻教育意义的，说不定倒是明白许多地方各有各的天气，天气不同还多少影响到一点人事。云有云的地方性：中国北部的云厚重，人也同样那么厚重。南部的云活泼，人也同样那么活泼。海边的云幻异，渤海和南海云又各不相同，正如两处海边的人性情不同。河南河北的云一片黄，抓一把下来似乎就可以做窝窝头，云粗中有细，人亦粗中有细。湖湘的云一片灰，长年挂在天空一片灰，无性格可言，然而橘子辣子就在这种地方大量产生，在这种天气下成熟，却给湖南人增加了生命的发展性和进取精神。四川的云与湖南云虽相似而不尽相同，巫峡峨眉夹天耸立，高峰把云分割又加浓，云有了生命，人也有了生命。

论色彩丰富，青岛海面的云应当首屈一指。有时五色相渲，千变万化，天空如展开一张张图案新奇的锦毯。有时素净纯洁，天空只见一片绿玉，别无他物，看来令人起轻快感，温柔感，音乐感。一年中有大半年天空完全是一幅神奇的图画，有青春的嘘唏，煽起人狂想和梦想。海市蜃楼即在这种天空下显现。海市蜃楼虽并不常在人眼底，却永远在人心中。云南的云给人印象大不相同，它的特点是素朴，影响到人性情，也应当是挚厚而单纯。

云南的云似乎是用西藏高山的冰雪，和南海长年的热浪，两种原料经过一种神奇的手续完成的。色调出奇的单纯。唯其单纯反而见出伟大。尤以天时晴明的黄昏前后，光景异常动人。

沈从文（1902—1988）

湖南凤凰人，中国著名作家、历史文物研究专家。十四岁时，他投身行伍，浪迹湘川黔交界地区；1924年开始进行文学创作，《边城》《长河》《从文自传》是他的代表作。他晚年的专著《中国古代服饰研究》填补了中国物质文化史上的一页空白。沈从文的创作风格趋向浪漫主义，他要求小说的诗意效果，融写实、纪梦、象征于一体，语言格调古朴，句式简峭、主干突出，单纯而又厚实，朴讷而又传神，具有浓郁的地方色彩，凸现出乡村人性特有的风韵与神采。

　　你有多久没有认真看过云了？

　　"宠辱不惊，看庭前花开花落。去留无意，望天空云卷云舒"，古人看云，看一份宠辱不惊的淡泊心境；"你／一会看我／一会看云／我觉得／你看我时很远／你看云时很近"，诗人看云，看一种情感与距离的辩证哲理；"云有云的地方性"，沈从文看云，看不同地域的云有各自地域的风情，自然之云被赋予了文化的意味，从而有了别样的神采、有了独异的生命。

　　沈从文写云，各种感官被充分调动，想象与联想自由跳跃，文笔如行云般变幻莫测却又极度流畅，正是沈从文一贯的诗化文体的体现。你看他写"河南的云",言其是"一片黄,抓一把下来似乎就可以做窝窝头",由云之黄,想到了河南特色饮食窝窝头,将河南云和河南地域文化的特点都进行了表现;再看他写"青岛海面的云",写其素净纯洁时,"看来令人起轻快感,温柔感,音乐感",仿佛那云会跃动、会呼吸、会舞蹈;而在写"云南的云"时,作者更是不吝想象,直言其"用西藏高山的冰雪,和南海长年的热浪,两种原料经过一种神奇的手续完成的",既巧妙地点出了云南的地理位置,又呼应了前文云南的云"单纯"的特点,读来有趣亦有味。

母亲百岁记

冯骥才

留在昔时中国人记忆里的，总有一个挂在脖子上小小而好看的长命锁。那是长辈请人用纯银打制的，锁下边坠着一些精巧的小铃，锁上边刻着四个字：长命百岁。这四个字是世世代代以来对一个新生儿最美好的祝福，一种极致的吉祥话语，一种遥不可及的人间向往，然而从来没想到它能在我亲人的身上实现。天竟赐我这样的鸿福！

天下有多少人能活到三位数？谁能叫自己的生命装进去整整一个世纪的岁久年长？

我骄傲地说——我的母亲！

过去，我不曾有过母亲百岁的奢望。但是

在母亲过九十岁生日的时候，我萌生出这种浪漫的痴望。太美好的想法总是伴随着隐隐的担忧。我和家人们嘴里全不说，却都分外用心照料她，心照不宣地为她的百岁目标使劲了。我的兄弟姐妹多，大家各尽其心，又都彼此合力，第三代的孙男娣女也加入进来。特别是母亲患病时，那是我们必须一起迎接的挑战。每逢此时我们就像一支训练有素的球队，凭着默契的配合和倾力倾情，赢下一场场"赛事"。母亲经多磨难，父亲离去后，更加多愁善感；多年来为母亲消解心结已是我们每个人都擅长的事。我无法知道这些年为了母亲的快乐与健康，我们手足之间反反复复通了多少电话。

然而近年来，每当母亲生日我们笑呵呵聚在一起时，也都是满头花发。小弟已七十，大姐都八十了。可是在母亲面前，我们永远是孩子。人只有到了岁数大了，才会知道做孩子的感觉多珍贵多温馨。谁能像我这样，七十五岁了还是儿子；还有身在一棵大树下的感觉，有故乡故土和家的感觉；还能闻到只有母亲身上才有的深挚的气息。

人生很奇特。你小时候，母亲照料你保护你，每当有外人敲门，母亲便会起身去开门，决不会叫你去。可是等到你成长起来，母亲老了，再有外人敲门时，去开门的一定是你；该轮到你来呵护母亲了，人间的角色自然而然地发生转变，这就是美好的人伦与人伦的美好。母亲从九十一、九十二、九十三……一步步向前走。一种奇异的感觉出现了，我似乎觉得母亲愈来愈像我的女儿，我要把她放在手心里，我要保护她，叫她实现自古以来人间最瑰丽的梦想——长命百岁！

母亲住在弟弟的家。我每周二、五下班之后一定要去看她，雷打不动。母亲知我忙，怕我担心她的身体，这一天她都会提前洗脸擦油，拢拢头发，提起精神来，给我看。母亲兴趣多多，喜欢我带来的天南地北的消息，我笑她"心怀天下"。她还是个微信老手，天天将亲友们发给她的美丽的图片和有趣的视频转发他人。有时我在外地开会时，会忽然收到她微信："儿子，你累吗？"可是，我在与她一边聊天时，还是要多方"刺探"她身体存在哪些小问题和小不适，我要尽快为她消除。我明白，保障她的身体健康是我首要的事。就这样，那个浪漫又遥远的百岁的目标渐渐进入眼帘了。

到了去年，母亲九十九周岁。她身体很好，身体也有力量，想象力依然活跃，我开始设想来年如何为她庆寿时，她忽说："我明年不过生日了，后年我过一百零一岁。"我先是不解，后来才明白，"百岁"这个日子确实太辉煌，她把它看成一道高高的门坎了，就像跳高运动员面对的横杆。我知道，这是她本能的对生命的一种畏惧，又是一种渴望。于是我与兄弟姐妹们说好，不再对她说百岁生日，不给她压力，等到了百岁那天来到自然就要庆贺了。可是我自己的心里也生出了一种担心——怕她在生日前生病。

然而，担心变成了现实，就在她生日前的两个月突然丹毒袭体，来势极猛，发冷发烧，小腿红肿得发亮，这便赶紧送进医院，打针输液，病情刚刚好转，旋又复发，再次入院，直到生日前三日才出院，虽然病魔赶走，然而一连五十天输液吃药，伤了胃口，变得体弱神衰，无法庆贺寿辰。于是兄弟姐妹大家商定，百岁这天，轮流去向她祝贺生日，说说话，稍坐即离，不叫她劳累。午餐时，只由我和爱人、弟弟，陪她吃寿面。我们相约依照传统，待到母亲身体康复后，一家老小再为她好好补寿。

尽管在这百年难逢的日子里，这样做尴尬又难堪，不能尽大喜之兴，不能让这人间盛事如花般盛开，但是今天——

母亲已经站在这里——站在生命长途上一个用金子搭成的驿站上了。一百年漫长又崎岖的路已然记载在她生命的行程里。她真了不起，一步跨进了自己的新世纪。此时此刻我却仍然觉得像是在一种神奇和发光的梦里。

故而，我们没有华庭盛筵，没有四世同堂，只有一张小桌，几个适合母亲口味的家常小菜，一碗用木耳、面筋、鸡蛋和少许嫩肉烧成的拌卤，一点点红酒，无限温馨地为母亲举杯祝贺。母亲今天没有梳妆，不能拍照留念，我只能把眼前如此珍贵的画面记在心里。母亲还是有些衰弱，只吃了七八根面条，一点绿色的菠菜，饮小半口酒。但能与母亲长久相伴下去就是儿辈莫大的幸福了。我相信世间很多人内心深处都有这句话。

此刻，我愿意把此情此景告诉给我所有的朋友与熟人，这才是一件可以和朋友们共享的人间的幸福。

2017 年 9 月 23 日

冯骥才（1942—　）

生于天津，浙江宁波人。中国当代作家、画家、文化学者，曾为中国民间文艺家协会主席。冯骥才是"伤痕文学"代表作家，1985 年后以"文化反思小说"对文坛产生深远影响。作品题材广泛，体裁多样，已出版各种作品集近百种。代表作有《啊！》《雕花烟斗》《神鞭》《三寸金莲》《珍珠鸟》《一百个人的十年》《俗世奇人》等。近二十年来，他投身于城市历史文化保护和民间文化抢救，倡导与主持中国民间文化遗产抢救工程，并致力于推动传统村落的保护，对当代中国社会产生广泛影响。

作家周国平说过，一个人无论多大年龄上没有了父母，他都成了孤儿。冯骥才则无比幸运，母亲百岁仍然在世，这真是世界上最大的幸福。歌颂赞美母爱的文学作品，如恒河之沙，数不胜数，而冯骥才则反其道行之，用儿女对母亲的爱，深沉地传达出了人间最真挚的亲情。

在冯骥才笔下，母亲坚韧而快乐，即使年近百岁，仍然保有一颗不老的心灵，玩微信不亦乐乎，待儿女有如好友。这样

一 二

扫码收听

的母亲教育出的子女，自然也孝顺有加，体贴有加，把母亲的
百岁生日当作一场世纪盛会，精心准备，细致呵护。虽然经历
波折，但终究迎来大团圆的美好结局。人生在世，富贵名利有
如浮云，只有这一家人其乐融融的天伦之乐最可珍贵。不管是
多么伟大的人物，在母亲面前，永远是一个孩子，能够自由地
快乐或哭泣，能够享有爱抚与拥抱，不论走多远，听到身后有
母亲的呼唤，心里就是踏实的，灵魂就还有归处。

巴黎的天空（节选）

冯骥才

大自然派到巴黎的捣蛋鬼是雨。尤其进入了秋天，如果出门时天晴日朗，为了贪图轻便而不带雨伞，那一准就会叫雨儿捉弄了。

巴黎的雨是捉摸不定的。有时一天你能赶上五六次雨。有时街对面一片阳光，街这边却雨儿正紧。有时你像被谁在楼上窗口浇花时不小心将一片水点洒在背上，抬头一看原来是雨，一小块巴掌大小的云带来的最小的、最短暂的、唯巴黎才有的"阵雨"。巴黎很少大雨瓢泼，很少江河倒灌，也很少阴雨连绵。它的雨，更像是一种玩笑，一种调皮，一种心血来潮。

它不过是一阵阵地将花儿浇鲜浇艳，叫树

木散出混着雨味的青叶的气息，把大街上跑来跑去的汽车小小地冲洗一下。再逼迫人们把随身携带的各种颜色和各种图案的雨伞圆圆地撑开，城市的景观为之一变。这雨原来又是一种情调。

然而，雨儿停住，收了伞，举首看看云彩走了没有。这时，有悟性的人一定会发现，巴黎一幅最大的图画在天空。

这图画的画面湛蓝湛蓝，白云和乌云是两种基本颜料。画家是风，它信马由缰地在天上涂抹。所以，擅长描绘天空的法国画家欧仁一幅画，题目是《10月8日·中午·西北风》。

巴黎的白云和乌云来自大西洋。大海的风从西边把这些云彩携走随心所欲地布满天空。风的性情瞬息万变，忽刚忽柔，忽缓忽疾，天上的云便是它变幻无穷的图像。大自然的景观一半是静的，一半是动的；宁静的是大地，永动的是天空。

天空莫测的风云，不仅给巴黎带来多变的阴晴，还演变出晦明不已的光线。雨儿忽来忽去，阳光忽明忽灭。在巴黎，面对一座美丽和典雅的建筑举起相机，不时会有乌云飞来，遮暗了景色，拍照不成；可是如果有耐心，等不多时，太阳从云彩的缝隙中一露头，景色反而会加倍地灿烂夺目！

阳光与云彩的配合，常常使这座城市现出奇迹。

作为把作家和画家肩挑一身的冯骥才，用文字来写画，可谓是最合适不过的人选。古人评价王维，"诗中有画，画中有诗"，用在冯骥才此文，也不遑多让。

巴黎的天空，由雨引出。这雨活泼俏皮，如同快乐的精灵，虽然小小地搅乱了人们的生活，却带来新的情调，让城市变得洁净美丽。雨过天晴，天空才展露真容。而这时作家也"暴露"出了画家的本色，用起了娴熟的绘画语言，笔下展开一

扫码收听

幅别致的画卷——有颜料，白云和乌云；有画者，风；有光线的明灭，有变幻的图像……大自然才是最出色的画家，时时刻刻都在创造着最精美的艺术。法国著名雕塑家罗丹曾说，世界上并不缺少美，而是缺少发现美的眼睛。艺术家恰恰是人类社会的这一双双"眼睛"，用细腻的感官，去捕捉、描绘、传递万事万物中一个个美丽的意境，即便只是片断，也足以让普通人沉闷的生活，增添几许情趣、几多惬意。

精神的殿堂（节选）

冯骥才

　　人死了，便住进一个永久的地方——墓地。生前的亲朋好友，如果对他思之过切，便来到墓地，隔着一层冰冷的墓室的石板"看望"他。扫墓的全是亲人。

　　然而，世上还有一种墓地属于例外。去到那里的人，非亲非故，全是来自异国他乡的陌生人。有的相距千山万水，有的相隔数代。就像我们，千里迢迢去到法国。当地的朋友问我们想看谁，我们说：卢梭、雨果、巴尔扎克、莫奈、德彪西等等一大串名字。

　　朋友笑着说："好好，应该，应该！"

　　他知道去哪里可以找到这些人，于是他先

把我们领到先贤祠。

先贤祠就在我们居住的拉丁区。有时走在路上，远远就能看到它颇似伦敦保罗教堂的石绿色圆顶。我一直以为是一座教堂。其实我猜想得并不错，它最初确是教堂。可是在法国大革命期间，曾用来安葬故去的伟人，因此它就有了荣誉性的纪念意义。到了1885年，它被正式确定为安葬已故伟人的场所。从而，这地方就由上帝的天国转变为人间的圣殿。人们再来到这里，便不是聆听神的旨意，而是重温先贤的思想精神来了。

重新改建的建筑的入口处，刻意使用古希腊神庙的样式。宽展的高台阶，一排耸立的石柱，还有被石柱高高举起来的三角形楣饰，庄重肃穆，表达着一种至高无上的历史精神。大维·德安在楣饰上制作的古典主义的浮雕，象征着祖国、历史和自由。上边还有一句话："献给伟人们，祖国感谢他们！"

这句话显示这座建筑的内涵，神圣又崇高，超过了巴黎任何建筑。

我要见的维克多·雨果就在这里。他和所有这里的伟人一样，都安放在地下，因为地下才意味着埋葬。但这里的地下是可以参观与瞻仰的。一条条走道，一间间石室。所有棺木全都摆在非常考究和精致的大理石台子上。雨果与另一位法国的文豪左拉同在一室，一左一右，分列两边。每人的雪白大理石的石棺上面，都放着一片很大的美丽的铜棕榈。

我注意到，展示着他们生平的"说明牌"上，文字不多，表述的内容却自有其独特的角度。显然，在这里，所注重的不是这些伟人的累累硕果，而是他们非凡的思想历程与个性精神。

比起雨果和左拉，更早地成为这里"居民"的作家是卢梭和伏尔泰。他们是十八世纪的古典主义的巨人，生前都有很高声望，死后葬礼也都惊动一时。

将卢梭和伏尔泰安葬此处，是一种象征，一种民族精神的象征。这两位作家的文学作品都是思想大于形象。他们的巨大价值，是对法兰西精神和思想方面做出的伟大贡献。在这里，卢梭的生平说明上写道，法兰西的"自由、平等、博爱"就是由他奠定的。

卢梭的棺木很美，雕刻非常精细。正面雕了一扇门，门儿微启，伸出一只手，送出一枝花来。世上如此浪漫的棺木大概唯有卢梭了！再一想，他不是一直在把这样灿烂和芬芳的精神奉献给人类？从生到死，直到今天，再到永远。

于是我明白了，为什么在先贤祠里，我始终没有找到巴尔扎克、斯丹达尔、莫泊桑和缪塞；也找不到莫奈和德彪西。这里所安放的伟人们所奉献给世界的，不只是一种美，不只是具有永久的欣赏价值的杰出的艺术，而是一种思想和精神。他们是鲁迅式的人物，却不是朱自清、徐志摩。他们都是撑起民族精神大厦的一根根擎天的巨柱，不只是艺术殿堂的栋梁。因此我还明白，法国总统密特朗就任总统时，为什么特意要到这里来拜谒这些民族的先贤。

读着这里每一位伟人生平，便会知道他们中间没有一个世俗的幸运儿。他们全都是人间的受难者。在烧灼着自身肉体的烈火中去找寻真金般的真理。他们本人就是这种真理的化身。当我感受到，他们的遗体就在面前时，我被深深打动着。真正打动人的是一种照亮世界的精神。

先贤祠，法文写作"Panthéon"。这个词源于希腊语，原意为"所有的神"，此类建筑以供奉诸神而著称。而这里用以存放历代名人伟人的遗体，可见在法国人心中，这些象征了法兰西思想和精神的人们，已经等同于"神灵"。2007 年，法国决定发行一枚带有"向为法兰西的正义事业献身的人致敬"字样的邮票，几经讨论，最后也选择了先贤祠作为邮票图案。

冯骥才准确地指出了先贤祠的主旨——"所敬奉的是一种无上崇高的纯粹的精神"。跟着作家的步伐，我们先后缅怀了雨

扫码收听

果、左拉、卢梭、伏尔泰等文豪的一生，他们用生命寻找真理，用思想照亮文明，所以配得上后人们给予至高无上的崇敬。虽然是墓地，却让人感到，这些伟人们并未远去，仍然以另一种形式活在世界上，继续指引着人类前行。先贤祠，并不只是巴黎的瑰宝、法国的骄傲，同样也是全世界与全人类的财富。肉体终会消亡，唯有精神能够永恒。在先贤祠前，人们一定会想起诗人臧克家那句诗"有的人死了，他还活着"，也会想起辛弃疾纪念朱熹的文字："所不朽者，垂万世名。孰谓公死，凛凛犹生！"

露天电影（节选）

苏童

直到现在，我的记忆中还经常出现打谷场上的那块银幕。一块白色的、四周镶着紫红色边的银幕，用两根竹竿草草地固定着，灯光已经提前打在上面，使乡村寂寞漆黑的夜生活中出现了一个明亮欢快的窗口。如果你当时还匆匆行走在通往打谷场的田间小路上，如果你从城里赶过来，如果新闻简报已经开始，赶夜路的人的脚步会变得焦灼而慌张。打谷场上发亮的银幕对于他们好像是天堂的一扇窗，它打开了，一个原先空虚的无所事事的夜晚便被彻底地充实了。

农用拖拉机、打谷机和一堆堆草垛湮没在

人海中。附近乡村的农民大多坐在前排，他们从家里搬来了长凳和小板凳，这样的夜晚他们很难得地成为特权阶层。更多的是一些像我们这样来历不明的孩子和青年，他们在人群里站着，或者在一片骂声中挤到前排，在一个本来就拥挤的空间里席地而坐，对来自身边的推搡和埋怨置之不理。

电影开始了，打谷场上的嘈杂声渐渐地消失，人们熟悉的李向阳挎着盒子枪来了，梳直发的、让年轻姑娘群起效仿的游击队女党代表柯湘来了，油头粉面的叛徒王连举来了，阴险狡诈的日本鬼子松井大队长也来了……孩子们在他们出场之前就报出了他们的名字，大人让他们的孩子闭嘴，实际上这是一次人群与电影人物老友重逢的欢聚。

打谷场上的欢乐随着银幕上出现一个"完"字而收场，然后是一片混乱。有的妇女这时候突然发现自己的孩子不见了，于是尖声叫喊着孩子的名字。也有血气方刚的小伙子突然扭打在一起，引得人们纷纷躲避，一问原因，说是在刚才看电影时结了怨，谁的脑袋挡着谁的视线，谁也不肯让一让，这会儿是秋后算账了。我那会儿年龄还小，跟着邻居家的大孩子去到一个个陌生的打谷场，等到电影散场时却总是找不到他们的人影。

我记得那些独自回家的夜晚，随着人流向田间小路走，渐渐地，同行的人都折向了其他的村庄，只有我一个人走在漆黑的环城公路上。露天电影已经离你远去，这时候你才意识到回家的路是那么漫长，不安分的孩子开始为一部看过多次的电影付出代价。代价是走五里甚至十里的夜路，没有灯光，只有萤火虫在田野深处盲目地飞行着，留下一些无用的光线。有几次，我独自经过了郊外最大的坟地，亲眼看到了人们所说的鬼火（现在才知道是骨质中磷元素在搞鬼），而坟地特有的杂树乱草加深了我的恐惧。当城郊接合部稠密的房屋像山岭一样出现在我的视线里时，我觉得那些有灯光的窗口就像打谷场上的银幕，成为我新的依靠。我急切地奔向我家的窗口，就像两个小时以前奔向打谷场的那块银幕。

那不是一个美好的年代，但是在一个并不美好的年代，会出现许多美好的夜晚，使你忽略了白天的痛楚和哀伤。一切都与生命有关，而与生命有关的细节总是值得回忆的。

苏童（1963— ）

原名童忠贵，江苏苏州人，中国当代先锋文学代表作家之一，毕业于北京师范大学中文系，当过教师、编辑，现为江苏省作协副主席。从1983年开始发表文学作品，主要代表作为中篇小说《妻妾成群》《红粉》《罂粟之家》《三盏灯》，长篇小说《米》《我的帝王生涯》《城北地带》《碧奴》《河岸》。2015年《黄雀记》获第九届茅盾文学奖。小说《米》《红粉》先后被搬上银幕，《妻妾成群》被张艺谋改编成《大红灯笼高高挂》获得威尼斯电影节大奖，《妇女生活》改编为电影《茉莉花开》后，获得了上海国际电影节评委会大奖。

在文化产品极其匮乏的年代，那打谷场上的露天电影便成为了那一代人共有的精神寄托。尽管对于银幕上播放的电影，大家早已观看了无数次，但打谷场上那发亮银幕，仍犹如"天堂的一扇窗"，充实着一个个原本空虚、无所事事的夜晚，邀约着男女老少以最高的热情来赴这一场场"与电影人物老友重逢的欢聚"，让你即使在那"并不美好的年代"，也能拥有"许多美好的夜晚"，去忽略白天所有的"痛楚和哀伤"。

露天电影已经随着那个特殊的时代一同远去了，然而在物

扫码收听

质与精神产品都丰富到泛滥的当下，为什么我们对当年那挤在打谷场上观看露天电影的时光竟会有丝丝的怀念与向往？

那个时代，生活很难，但快乐却很简单，仿如小孩子，只要一颗糖就能幸福得破涕而笑。

而今的我们呢？

"露天电影已经离你远去，这时候你才意识到回家的路是那么漫长"，这是作者童年观看露天电影后真实的心理感受，但更像是作者对当代人真实心灵境遇的隐喻。在那一遍遍刷着手机朋友圈，追着美剧韩剧日剧国产剧的夜晚，你是否依然能够感受到昔日打谷场上与一群人同乐的那份美好？你是否仍能感知到那与生命有关的每一处细节去体味、去回忆、去珍藏？你是否找到了属于自己的"天堂的一扇窗"，那让心灵回家的路不再漫长？

有所敬畏

周国平

在这个世界上，有的人信神，有的人不信，由此而区分为有神论者和无神论者，宗教徒和俗人。不过，这个区分并非很重要。还有一个比这重要得多的区分，便是有的人相信神圣，有的人不相信，人由此而分出了高尚和卑鄙。

一个人可以不信神，但不可以不相信神圣。是否相信上帝、佛、真主或别的什么主宰宇宙的神秘力量，往往取决于个人所隶属的民族传统、文化背景和个人的特殊经历，甚至取决于个人的某种神秘体验，这是勉强不得的。一个没有这些宗教信仰的人，仍然可能是一个善良的人。然而，倘若不相信人世间有任何神圣价值，百无禁忌，为所欲为，这样的人就与禽兽无异了。

相信神圣的人有所敬畏。在他心目中，总有一些东西属于做人的根本，是亵渎不得的。他并不是害怕受到惩罚，而是不肯丧失基本的人格。不论他对人生怎样充满着欲求，他始终明白，一旦人格扫地，他在自己面前竟也失去做人的自信和尊严，那么，一切欲求的满足都不能挽救他的人生的彻底失败。

相反，那种不知敬畏的人是从不在人格上反省自己的。如果说"知耻近乎勇"，那么，这种人因为不知耻便显出一种卑怯的放肆。只要不受惩罚，他敢于践踏任何美好的东西，包括爱情、友谊、荣誉，而且内心没有丝毫不安。这样的人尽管有再多的艳遇，也没有能力真正爱一回；结交再多的哥们儿，也体味不了友谊的纯正；获取再多的名声，也不知什么是光荣。不相信神圣的人，必被世上一切神圣的事物所抛弃。

周国平（1945— ）

中国社会科学院哲学研究所研究员，哲学家、作家，是中国研究哲学家尼采的著名学者之一。其散文风格平实朴素，富有哲理。代表作品有《人与永恒》《周国平人生哲思录》《善良·丰富·高贵》等。

　　俗话说，无知者无畏。然而研究哲学的作者，提出了另一种观点——"无敬者无畏"。知，可以说属于智力范畴；而敬，则更多是道德领域。正如作者所言，"有的人有很高的文化程度，仍然可能毫无敬畏之心"，这正是不缺乏知识却欠缺道德的表现。敬畏，是对神圣崇高的相信与坚持，在灵魂深处保存着一块净土，"时时勤拂拭，莫使惹尘埃"，不可玷污。有所敬，才能有所畏。老子言"大勇若怯"，这"怯"，并不是胆小懦弱，恰恰是一种勇敢，因为当一个人面对自己的内心，面对善良与正义，面对真理之时，不敢去破坏、去践踏、去背离，那才是最大的勇气。

扫码收听

　　中国传统文化中，敬畏有着深刻的意义。春秋战国末期，小国宋国的宋康王狂妄不可一世，将鸡血装在皮囊中挂在高高的旗杆上，以箭射中，号称"射天"，齐国等大国得知后，认为宋康王对上天也缺乏敬畏，于是联合将其剿灭。汉朝学者董仲舒，面对君主集权日益登峰造极的现实，提出了"天人感应"学说，同样是以老天爷的名义震慑人间的帝王，多少让后世的君王们有了几分收敛。当今世界，人类文明已高度发达，然而对于宇宙、地球、大自然来说，仍然渺小有限，在灾难面前依然不堪一击，唯有保持敬畏之心，人类的发展之路才能走得更长远。

去希望窗外的希望

池莉

这个时刻，天正暗下来，黄昏将近，我站在窗前，朝侧面的楼栋微笑。我之所以持续保持微笑，是怕出事。侧面楼栋一户人家的窗前，一位老人，打开玻璃窗，对着户外颤抖哀号："什么时候才是个头哇——什么时候才是个头哇——"我听见了。我立刻冲到窗前，打开我家窗户，寻求老人目光，向他摆手摇手："喂，——爹爹！"我使出最温和安详的嗓音，与他打招呼。由于角度关系，我无法判断他是否看见了我。我就努力持续着，持续着，直至他终于朝我这边转过脸。然后老人停止了，关上窗户进屋了。可我还是不放心，赶紧给物业打了紧急求助电话，请他们务必上楼敲门，去查看一下，看看是否孤寡老人？问问是否发生了困难？如果老人有什么需要，只要我们家有。物业也非常尽职，答应马上就去。这一阵忙乎，夜色已黑。这个时刻，是隔离的第二十八天了。焦虑和急躁开始在人们心里蔓延，我们需要对付更多敌人，包括在自己心里逐渐扩大的阴影。

这个时刻，新冠肺炎病毒还在肆虐，而武汉，也已经出台了疫情暴发以来最为严格的隔离严控措施，所有干部职工下沉社区，收治病床在每天扩大，医疗一线医务人员们正在冒死救治病人。人与病毒的搏斗，已经到了白热化程度；吞噬与反吞噬，进入胶着化状态，这个时刻，不能有一丝一毫的松劲。然而，人们在家隔离已经第二十八天了，有人坐不住了，有人千方百计偷跑出去，有人吃不惯配送的简单蔬菜，想吃鲜鱼鲜肉和热腾腾的热干面了，还有人带着孩子出来遛弯，还说"怕么事吵，注意点就行了，关家里人都关苕了"。此情此景，说真的，太急人也太恨人了！事情非常清楚，如果不彻底阻断人传人，后果将不堪设想。这个时刻，如果还有人不珍惜生命，同时还危害他人生命，就只能强制他珍惜自己。这个时刻，日常生活不再是常言所谓的日常生活了，直接就是保卫生命。

这个时刻，唯有保卫生命是最高准则。因此我们能做一件事，就做一件事；能帮一个人，就帮一个人；底线是我们首先做好自己。这个时刻，真正到了我为人人、人人为我的时刻，我们得靠每个人点点滴滴的力量汇聚成人类的强大意志，把我们生命夺回来！把人类荣耀夺回来！我们死去的生命不可以白死！

这个时刻，心神稳定是我们的拯救，理性冷静是我们的力量，勇敢顽强是我们的必须，咬牙挺住是我们的本分。又是一个黎明来临，拉开窗帘，东方既白，太阳照常升起，这个时刻，我们必须忍住悲伤，克服畏惧，去希望窗外的希望。

池莉（1957— ）

女，湖北仙桃人，长居武汉。1979 年开始发表文学作品。著有小说《来来往往》《烦恼人生》《水与火的缠绵》等，长篇小说《小姐，你早》以及散文随笔集多部。作品关注市井生活，文字能够与读者坦诚相见，获全国优秀中篇小说奖、首届鲁迅文学奖、红河文学奖、小说选刊奖、小说月报百花奖等多种奖项，多部小说被改编为电影、电视剧，一经搬上荧屏就成为观众热烈追捧的收视热点，取得了艺术和市场的巨大成功。

2020 年的新冠肺炎疫情，作为波及最广、影响最大的公共卫生紧急事件，对于每个经历过的国人来说，那种刻骨铭心与灵魂震颤，自然是难以言喻的。而生活在漩涡最中心的武汉人民，更加是这一可歌可泣历史时刻的亲历者和见证者。

作家用最朴实无华的笔，记录下了身在武汉市处于疫情封闭隔离管理时期的一件小事，将邻里互助互爱的真诚与友善娓娓道来，令人由衷感动。联想到更多的白衣战士还舍生忘死战斗在救死扶伤的一线，联想到生活中还有一部分人没有认识到抗击疫情的严峻危险，作家发自肺腑地发出了"保卫生命""人人为我，我为人人"的呐喊。疫情是一场灾难，是灾难就有痛

扫码收听

苦悲伤。人类唯有勇敢地迈步前行，战胜灾难，才能抵达光明的未来。事实证明，在中华儿女的团结下，没有哪一场灾难不能战胜，没有哪一道坎儿不能迈过。不论今后还将遭遇怎样的磨难，中国，这个古老而年轻的国度，始终都会以坚忍不拔的姿态屹立在东方大地上。

在古希腊神话传说中，众神为了惩罚人类，派遣一名少女潘多拉携带魔盒下凡，嫁给了盗火者普罗米修斯的弟弟埃庇米修斯。好奇的埃庇米修斯不听哥哥劝告，擅自打开了魔盒，藏在魔盒中的灾难、瘟疫、战争、祸乱……纷纷飞出，让人类饱受折磨。然而，女神雅典娜还在盒底留了一件送给人类的礼物，那就是"希望"。希望永在人间！